腰にまわされた腕が痩身を引き寄せ、莠はたくましい首に
腕を巻きつけて、胸をぴたりと合わせた。

鎖《くさり》 —ハニートラップ—

妃川《ひめかわ》 螢《ほたる》

ILLUSTRATION：亜樹良《あきら》のりかず

鎖 ―ハニートラップ―

LYNX ROMANCE

CONTENTS

鎖　―ハニートラップ―

プロローグ

ふわふわの金髪と宝石のような青い瞳《ひとみ》が印象的な、それはそれは可愛《かわい》らしい子だった。

当然女の子だと思って、こんな可愛い子がお嫁さんになってくれたらいいなぁ…と、ボーッと見惚《みほ》れていたら、宝石の瞳が見る間に近づいて、唇でちゅっと淡い音がした。

驚いて、目いっぱい瞳を見開いて、間近にあるキラキラと輝く瞳に見入った。

「ボクのお嫁さんになる？」

「……へ？」

まさしく今、自分が思っていたのと同じことを、言葉のみならず行動でも示されて、莠《ゆう》は大きな目をパチクリさせた。

だが、当人以上に驚き慌てたのは、ふたりの親のほうだった。

「レオンハルト！　莠くんは男の子よ！」

女の子じゃないの！　と、良く似た美貌《びぼう》の母親に諫《いさ》められて、金髪ふわふわの少年は、これ以上は無理とばかりに青い瞳を見開く。

「ウソだ！　こんなに可愛いのに男の子のわけないよ！」

綿飴《わたあめ》のような髪をした少年は、母親の言葉にキッパリとそう返した。

「絶対に女の子だ！」

子どもであっても、少年には少年のプライドというものがある。目線の位置は、莠のほうが高かった。なのに、女の子だと言いきられた莠は、カッとして言い返した。

「ボクは男だ！　自分こそ、お人形さんみたいな顔してるくせに！」

そんな可愛いのに、男の子だなんてありえない！　と、自分が言われたままを返す。そして、対抗するかのように言った。

「ボクのお嫁さんになれ！」

両家の親たちが、子どもを取り囲み、啞然《あぜん》とした顔でそのやりとりを聞く。

しばしの間。

それから、どっ！　と場が湧《わ》いた。子どもたちのあまりに可愛らしいやりとりに、たまりかねた親たちが、同時に噴き出したのだ。

「莠ちゃん、どんなに可愛くても、レオンくんは男の子よ。お嫁さんにはできないわ」

眦《まなじり》に涙を溜《た》めながら、母が息子を諫める。

父親ふたりは、もはや言葉を発するのも苦しいとばかりに、笑い転げていた。土地の名士と領事館勤務の外事警察官という、肩書すら吹き飛ぶほどの、それは爆笑だった。

「あなた、笑いすぎよ！」

妻に諌められて、どうにかこうにか笑いを噛《か》み殺す。子どもが傷つくではないかと心配する両親のやりとりは、たしかに耳に届いていたけれど、ほとんど鼓膜を素通りしていた。

青い瞳と、じっと睨《にら》み合うことしばし。

互いに互いの性別を誤解して初対面の相手にプロポーズした少年ふたりは、爆笑する両親の傍ら、取っ組み合いの喧嘩《けんか》をはじめた。

こんなに可愛いのに、お嫁さんにできないなんて！

考えてみれば可笑《おか》しな理不尽さに駆られて、幼心は傷つき、その発散場所がなかったのだ。

「莠!?　なにしてるの！」

「レオン！　おやめなさい！」

どろんこになって取っ組み合いの喧嘩をして、両親に叱《しか》られ、最後には揃《そろ》って大泣きをした。だというのにその晩、ふたりはひとつベッドで手を握り合って眠った。

翌日には、喧嘩をしたことなどすっかり忘れて、一緒に遊んだ。

一番の仲良しになって、一日のほとんどを一緒にすごした。楽しくて楽しくて、時間はあっという間にすぎた。

父の赴任期間に期限があるなんて、子どもに知るよしもない。当然、楽しい時間はずっとつづくものと信じて疑わなかった。

だから、別れのときは、悲しくて悲しくてならなかった。

「迎えに行くからね」

待っててね、と宝石のように綺麗《きれい》な青い瞳を涙に濡《ぬ》らして、レオンハルトは蒡の唇にちゅっとキスをした。蒡が教えたゆびきりげんまんをして、約束だよと言った。

「帰りたくないよぉ、レオンとずっと一緒にいたいよぉ」

幼い蒡は、ただただ泣きつづけた。

でも、瞼《まぶた》をぱんぱんに腫《は》らすほどに泣いても、子どもには状況を変える力などなかった。

同時に、子どもには、高い適応力と忘却力と、目の前の現実を楽しむ能力とが備わっている。だから、十年以上の時を経て、約束が果たされる日が来るなんて、考えもしないことだった。

「迎えにきたよ」

再会の日、ふわふわ金髪の美少年は、眩《まばゆ》いほどの美青年に成長していた。

幼い日の冗談のようなプロポーズが現実になって、十代の少年が恋に溺《おぼ》れても、それはしかたのないことだ。

少年の日のプロポーズのエピソードのように、笑い話にできるようなものならよかった。冗談にできるような軽い感情ならよかった。

そうでなかったから、終わりがきた。今度は、次の約束のない、決定的な別れだった。

本気だったから、終わらせた。

終わらせたのは自分。
あの宝石のように美しい碧眼《へきがん》に浮かんだ悲しみと非難の色が、今も忘れられない。

空色を映しとる湖と鮮やかな芝生の緑に囲まれた館《やかた》は、そもそもは貴族の城として建てられたものだ。

廃れた城を買い取ったのは数年前のこと。当初は古城ホテルとして再生させるつもりだったが、都心部へのアクセスのよさもあって、今は執務オフィス兼自宅として使っている。

館を取り囲むようにつくられた人工の湖は、ここがかつては領主の館だったことを示している。

だが、世襲制をとらなかったこの国の貴族制度が、その繁栄を阻み、二十一世紀の今となってはもはや見る影もない。資産は切り売りされ、文化遺産の管理永続を難しくしている。

それを買い取るのは、利益を得る目的以上に、この国に生まれた者として、歴史遺産を守る義務があると考えるからだ。

背後には広大な森。

この国に「――ブルク」「――ベルク」とつく地名が多いのは、「die Burg」が都市を、「der Berg」が山麓《さんろく》を意味するためだ。つまりは、それだけ森林面積が多いということ。「――ヴァルト」とつく地名も多い。「Wald」は森を意味する。

緑の芝生。花畑。牧畜が草を食《は》む丘陵。

この土地は、幼い日に駆けずりまわって遊んだ場所によく似ている。やさしい思い出の満ちる地に。

郊外のそこへは、いまとなってはなかなか足を運ぶことがかなわない。

ここをホテルに改装しようとしてできなかった理由が、よもや幼い日の他愛ない思い出に起因しているなどと、部下の誰《だれ》ひとりとして想像だにしないことだろう。

そして今現在、極東の島国に食指を伸ばす、その理由も……。

デスクの片隅には、古びたフォトスタンドがひとつ。写真を二枚並べて飾れるタイプのものだ。片方には二組の家族の記念写真が、片方には未就学年齢の少年ふたりが満面の笑みで抱き合う愛らしい光景が、おさめられている。

その裏に、隠すようにおさめた写真がもう一枚。

ときおり取り出してはながめる。

突然ファインダーを向けられて、少し驚き顔の、美しい人。

写真を取り出そうとして、手を止める。ノックの音が、過去に馳《は》せた思考を引き戻した。「どうぞ」と応《いら》えを返す。

「失礼いたします」

恭しい一礼とともにドアを開けた執事の手には書類の束。

多くの実務がネットワーク上で処理されるようになっても、痕跡《こんせき》を残せない秘匿情報などは結局紙ベースで情報をまとめ、最終的に処分するよりないのが実情だ。

「例の件で、連邦情報局《BND》から、局長直々にお会いしたいとアポイントが入っております」

「無視しろ。何を言われたところで手を引く気はない」

大切な思い出を守るためなら、なんだってする。倫理観のかけらもない某大国の餌食《えじき》になどさせられるものか。

「出国に関して、安全は保証しかねると……」

父の代から仕える老獪《ろうかい》なベテラン執事は、淡々と事実を報告するのみ。自分の幼少時からを知る人物は、余計な苦言も忠告もしない。無駄だとわかっているからだ。

「そう言いながら、日本警察にはすでに手がまわっているのだろう?」

「そのようです」

「せっかくだ。日本警察の実力拝見といこうじゃないか」

拳銃《けんじゅう》を携帯しながらろくに発砲もできない国の警察に、いかほどの抑止力があるものか。

「それについて、こちらを――」

執事がデスクに滑らせたのは、日本警察のデータベースから抽出されたと思《おぼ》しき、一枚の履歴書だった。

制服を身につけた証明写真と、身体データ、入庁から今日までの配属先や賞罰の履歴。現在の所属部署は警備部警護課とある。

たぶん一部の幹部のみが閲覧可能だろう特記事項として、「国家公務員《キャリア》一種試験を途中放棄、ノンキャリアで入庁」と記されていた。つまり、キャリア官僚として入庁できる資質を持ちながら、現場勤務を選択した、ということだ。

「日本警察もなかなか粋なことをする。いや、ＢＮＤの差し金かな」

主《あるじ》の自嘲《じちょう》的な呟《つぶや》きに、老執事は口許《くちもと》に微苦笑を浮かべることで応じる。

まっすぐにこちらを見据える証明写真の顔は、記憶にあるものとはまるで別人に見える鋭さだ。だがやはり、変わらずに美しい。

目を細め、その写真にそっと指を滑らせる。

「莠……」

今なおセピア色に染まることのない思い出に囚《とら》われているのは、果たして自分だけなのだろうか。

1

メディアで大々的に報じられる国家要人の訪日以外にも、いわゆる国賓と呼ばれる要人や公賓、外交使節団のトップといった重要人物の訪日は存外と多い。

警視庁警備部警護課警護第三係に所属する氷上《ひかみ》莠の職務は、日本を訪れる要人の警護だ。

常に決まった人物の警護につくのではなく、その都度警護対象が変わる。それだけ臨機応変な対処を求められる。

国際機関の代表を務める元ファーストレディが、今現在、莠が率いるチームの警護対象《マルタイ》だ。

警護対象は代表である彼女ひとりだが、結局は同行の一団にも目を配ることになる。その上で、いざというときには、最優先で彼女を護《まも》らなければならない。

警護車両が、会議の行われる公共施設のエントランスに滑り込む。助手席に乗っていた莠が先に車を降り、周囲を確認してから後部座席のドアを開ける。

「ありがとう」

夫人から向けられる優雅な笑みには寡黙な目礼で応《こた》え、一歩後ろについて歩く。こうして警護要員を気遣う要人は、実のところ多くはない。

「マルタイ、会場に入りました」

袖口《そでぐち》に仕込んだ無線で先着部隊に報告を入れる。イヤホンから「了解」の応え。

よほど明確な危険の存在がない限り、会議の行われる部屋にまで警護官が足を踏み入れることはない。そのために、先着部隊が事前に会場の安全を確保している。

警護は、朝ホテルを出るところから、一日のスケジュールを終えてホテルに戻るまで。こちらも、明確な危険の存在がない限り二十四時間体制の警護は行われない。

会議は休憩をはさんで三時間を予定されている。その間に、警護課員は交代で休憩をとる。もちろん、そんな余裕のない日もある。むしろそのほうが多い。

警護対象者の命を狙《ねら》われるような情報がないとはいえ、気は抜けない。政治的社会的活動をする限り、どんな危険もふりかかる可能性を秘めている。水面下で暗殺計画が進行していないと、誰にも言いきることはできない。

一日のスケジュールを終えた警護対象をホテルまで送り届け、明日のスケジュールの確認をして、警護終了の報告を本部に上げる。

捜査刑事と違い、SPは常に拳銃を携帯しているから、警護任務終了後にかならず本庁に戻り、装備を解く必要がある。

拳銃を備品庫に戻し、イヤホンや手錠、特殊警棒といった装備を外して、ようやくホッと肩の力を抜くことがかなう。

「今回は楽な任務ですね。警護対象も、いい人だし」

「明日、空港に送り届けるまで、気を抜くな」

元ファーストレディは、明日午後の便で帰国予定になっている。飛行機が飛び立つまでは、気を抜けない。

部下の言葉に、楽な任務などないと苦言を返す。まだ若い警護課員は、慌てた様子で「失礼しました!」と敬礼を返した。

「かといって、気負う必要もない。明日もよろしく」

自分よりひとまわり逞《たくま》しい肩を叩《たた》いて、笑みを向ける。

「はい! お疲れさまでした!」

緊張の面持ちであいさつをしたかと思ったら、すぐに相好を崩して、「班長、飯食って帰りません?」とはじまる。自分も自分もと、わらわらと周囲に集まってきた自分より大柄な部下たちをぐるりと見やって、莠は大仰にため息を零《こぼ》した。

「たかるつもりだな」

「へへ……」

腕組みをして目を細める。

「そういうつもりじゃ……」

任務中は一分の隙《すき》もない鍛え上げられた動きを見せるSPたちも、任務から解放されれば皆ひとりの人間だ。

とくにチームワークで動く警護活動において、仲間との連携は重要な意味を持つ。ゆえに、勤務外での付き合いも意味のあるものとなる。

「あのオバサン、氷上さんのこと、ずいぶんとお気に入りのようですね」

「そりゃあ、おまえみたいなごついのより、氷上さんみたいなイケメンに護ってもらうほうが嬉《うれ》しいに決まってるさ。女性はいくつになっても女なんだからな」

「悪かったな。ひとのこと言えるのかよ」

SPに要求される資質のひとつとして、容姿端麗というものがある。だがこれは、芸能人のような華やかな容貌を求める意味ではなく、清潔感という意味であって、どちらかといえばSPは大衆に紛れる容貌が好ましい。でなければ、一般人をも威嚇《いかく》しかねない。

そういう意味で、莠は警護対象が女性の場合や、一般人に紛れての警護時に重宝される。SPとして必要な体格を備えながらも、他《ほか》の課員に比べて痩身《そうしん》で、柔和な面差しだからだ。

体育会系の警察組織において、莠は己の資質を冷静に見極め、今日まできた。ひとつの班を任されるまでになって、今が一番充実しているといえる。

係長の椅子《いす》も近いなどと噂《うわさ》する者もいるが、莠自身は指揮する立場より現場勤務を望んでいる。

早々に出世してしまっては、いったいなんのために厳しい訓練に耐え、心技体を磨いてきたのかわからなくなる。

「わかったよ。明日のための鋭気を養いに行こう」

「やった！」

そこへ、同係に属する別班が任務から戻ってくる。こちらは今日一日、外交使節団団長の警護にあたっていたはずだ。たしか夕方のフライトで日本を発《た》つ予定になっていた。ひとつの任務が終わってひと息つきたいタイミングだろう。

「お疲れさま」

「お疲れ」

蒡と同じく班長の肩書を持つ同僚は、寡黙な男だがSPとしての腕は一流だ。

「みんなで飯に行こうって言ってるんですけど、室塚《むろづか》班も一緒にどうですか？」

蒡の部下がさっそく声をかける。蒡の班には女性課員がいないが、室塚の班には眉目《びもく》秀麗な女性SPがいて、どうやら彼女狙いのようだ。

「たかられてるタイミングだったようだな」

室塚が微苦笑で返してくる。

「折半でどうだ」

「いいだろう」

班長同士、取り引きを完了して、「何を食うんだ？」と部下たちを促した。

ノンキャリアで入庁すると決めたとき、思い描いた警察官としての人生を、ほぼ歩けていると言っていい現状に、莠は満足している。

SPとしてあれる自分に、誇りを持っている。それは、胸にSPバッジをつけることを許された者すべてに共通の想《おも》いといえる。

混同されがちだが、SP——Security Policeとは、警視庁警備部警護課所属の警護専従警察官にのみ用いられる呼称だ。民間のボディガードにも、警視庁以外に所属する警護要員にも、本来用いられることはない。

スーツの襟元に燦然《さんぜん》と輝くSPバッジは、選ばれた者の証《あかし》だ。

動く壁となるべく訓練され、要人警護の任に就く。射撃技能も逮捕術も体術も、すべてが上級を要求される。

警護課に所属する警護課員は近接保護部隊と先着警護部隊の二隊に大別され、いわゆるSPと一般的に認知される任務を負うのは近接保護部隊のほうだ。

一方、先着警護部隊はアドバンスと呼ばれ、公安警察や所轄警察署との連携のもと、警護対象者の立ち回り先に先着して、不審者や不審物の有無を検索し、襲撃事件等の予防を図る責務を負う。

内閣総理大臣の警護を担う警護第一係から順に、国務大臣担当、外国要人・機動警護担当、都知事・政党要人担当と、四つの係で編成される。なかでも大所帯なのは、当然のことながら内閣総理大臣担当の第一係だ。

法律で定められる警護対象は、内閣総理大臣、衆議院議長、参議院議長、国賓。法律上の規定はないものの、衆議院副議長、参議院副議長、国務大臣、元内閣総理大臣の肩書を持つ衆議院議員、与党代表代行、幹事長、参議院議員会長は、要請出動による警護の対象者となっている。

アメリカのシークレットサービスとは違い、日本警察のＳＰは、警護対象者の家族まで警護の対象とはしない。つまり、一般人の警護に駆り出されることはない、ということだ。

警護対象者は、あくまでも国家的政治的要人であって、たとえば世界的にいかな影響力を持つ経済界の重鎮だろうとも、国家権力である警察が警護要員を派遣することはありえない。

その絶対原則が破られることがあるとすれば、それは政治的に何かしらの思惑があるときだろう。国家的に、国家間の、もしくは国家に属する警察及び防諜《ぼうちょう》組織間に、何かしらの取り引きが行われた場合と見ていい。

だが、そうした情報が、現場に下りてくることはまずありえない。あるとすれば、よほど特殊な事態だ。

上層部が何を考えようとも、現場は命令にしたがって動くだけだし、上もそれしか望んでいない。

それが組織というものだ。

ゆえに、ありえない事態が起きれば、それがどれほど異常な事態かが知れる。つまりは、危険を伴う状況、ということだ。

命令には従う。上意下達の警察組織の、それが常識。

その常識を覆したい衝動に駆られる任務を言い渡されたとなれば、事態の異常さは、尋常の域をはるかに超えていると言っていい。


週明けの月曜日。

予定では、友好国の国務大臣の来日に合わせ、その警護の任に就くことになっていた氷上《ひかみ》蒡は、当日の朝になって突然その任を解かれ、上司に呼び出された。

だが、任務の内容を聞くよりまえに蒡を驚かせたのは、その場に係長のみならず、警護課長、その上の警備部長までもが顔を揃えていたことだ。

「突然だが、きみに特別任務を頼みたい」

そう切り出したのは、警護課長だった。

この時点で、通常任務ではないことを蒡は理解した。指揮命令系統を逸脱してはいないが、飛び越えている。

「どのような任務でしょう？」

警察は軍隊ではない。上意下達の絶対的な命令系統を持つといっても、疑問をさしはさむ隙すら許されないわけではない。

命令とあらば従うが、事前説明があってもいいはずだと返す。

「氷上」

課長が諌めようとするのを鷹揚《おうよう》に制した警備部長が、長嘆とともに「きみがキャリアで入庁していれば……つくづく惜しいよ」と、本気なのか嫌味なのかわからぬ言葉を口にした。

「頭の回転のいいきみなら、この命令が特殊なものだということを、すでに理解していることと思うが……」

そうして、ファイルにはさまれた一枚の書類がデスクの上に滑らされる。

写真つきのそれは、ある人物の身上書だった。

――……っ。

そのとき胸に過《よぎ》った、ひやり…とする感情を、莠は表面上はまったく変わらぬ無表情の下に抑え込んだ。

まず目に飛び込んできたのは、添付された写真のなかでこちらを見据える碧眼。それから豪奢《ごうしゃ》な金髪。

写真は、オフィシャルで公開されているプロフィール用のもので、何度か目にしたことがある。書類に記された経歴も、半分は一般に公開されているものだ。

残りの半分は、一般には絶対に公開されない情報。公安か外事課あたりで収集されたものだろう。

だがこれも、世界経済に影響を及ぼす存在に対して、ごくあたりまえになされる諜報活動の範囲内といえる程度の内容だ。

記載内容など、どうでもいいのだ。

この書類が、莠の目の前に提示されている。そのこと自体に、意味がある。だが警備部長は、それに言及する気はないようだった。

「彼の警護を頼みたい。きみひとりで」

ひとり？　と、わずかに表情を動かすと、そのフォローは警護課長が継いだ。

「きみの部下はバックアップにまわす。アドバンスには、室塚のチームをつける」

フォロー体制は万全で、心配は無用だという。だが、どういった危険が想定されるのか、なぜ民間人の警護を警察がするのかといった、細部の説明はない。

「実質的に、彼の近接警護にあたるのはきみひとりだ。――やれるかね？」

経済界の重要人物とはいえ、本来ありえない民間人の警護に、チームではなく、個人であたれという。「やれるか」という確認の言葉に込められる含みを、莠は奥歯で嚙み砕いた。

「ご命令とあらば」

自分に否を唱える資格はない。この場でなぜ自分が？　と返せば、野暮《やぼ》を言わせるなと、警備部長の口許に下卑《げび》た笑みが浮かぶだけのことだ。

莠は、そう判断した。

上がどこまで調べたのかは不明だが、最悪の状況を想定しておくのが無難だ。

公安警察の情報網は、同種の他組織と一線を画す精度を持つ。自分の過去が丸裸にされていないない可能性のほうが少ない。

「明日の朝、プライベートジェットが羽田に着く。――以上、質問は？」

「ありません」

それ以外に返せる言葉があるなら教えてほしい。

そのまま背を向けようとすると、「いらんのかね？」と、デスクの上の身上書ファイルを示される。

「……必要ありません。――失礼します」

警護の任に就くうえで、なんの役にも立たない薄っぺらな情報など不要だと、蒡の立場でできたのはこの程度の抵抗にすぎなかった。

大股《おおまた》に廊下を歩いて、エレベーターホールに辿《たど》りついたところで足を止め、ひとつ息をつく。無意識にもきつく握りしめていた掌《てのひら》に、短く切りそろえた爪《つめ》が、痛いほどに食い込んでいた。


氷上蒡が、大学卒業後の就職先として警察を選んだのは、多分に亡き父の影響だった。

長く外事警察に身を置き、犯罪捜査の最前線から領事館勤務の警護官までを経験したその背を、素直に追いたいと思わせてくれる、尊敬できる父だった。

だが、当初国家公務員一種試験——いわゆるキャリア試験を受けて警察官僚として警察庁に入庁するつもりでいたのを、途中で放棄してノンキャリア——つまりは一地方公務員として警視庁勤務を選ぶことになったのは、世間知らずだった己の見識の甘さゆえの結果としかいえない。

とはいえ、学生時代に置かれていた環境から、なんの疑問もなく国家公務員試験を受けようとしていただけで、自身が警察組織において何を望むのかを冷静に考えてみれば、ノンキャリアで現場勤務を希望するのが、あるべき姿ではあった。

大学卒業間際に、抜き差しならぬ理由によって変更を余儀なくされた人生設計ではあったが、今日までこれといった問題なくすぎてきた。大学卒業直前に己が下した判断は間違っていなかったと、そう信じて今日まできた。

よもやいまになって、あの当時懸念した状況に立たされることになろうとは……。


週明け。

東京湾上空の抜けるような青空を、機影がひっきりなしに横切る。

いずれはハブ空港化を目指す首都東京隣接の国際空港は、まるで高速道路の料金所を通過する車の流れがごとき混雑ぶりを見せて、素人目にはありえない感覚で、各国からのジェット機がつぎつぎと降り立つ。

事故が起きないのが不思議でならない光景だ。

その、一般旅客機の降り立つ滑走路から離れた、駐機場の一角に、プライベートジェット用の小型機専用滑走路が設けられている。

機長の腕の良さがわかる優雅なランディングをみせた一機のプライベートジェットが、タキシングののちその動きを止める。

タラップの前に横づけされたリムジンの傍らに立って、蒡は機を見上げた。

金髪碧眼の長身が姿を現す。

雲ひとつない青空の下、豪奢な金髪が陽光を弾《はじ》いて輝く。まるで王冠のように。

優雅な足取りでタラップを降り立った警護対象者は、オーダーメイドのスリーピースを隙なく着こなし、同じくブロンドの美人秘書を従えていた。

「お待ちしておりました」

腰を折り、最敬礼で出迎える。

「お迎え御苦労さまです」

先に口を開いたのは、ブロンドの髪を結いあげ、シンプルなスーツを身につけた美人秘書のほうだった。

「秘書のクラウディア・アッカーマンです」

ヒールをはいているとはいえ、長身だった。ＳＰの身長規定を充分にクリアしている蒡とほとんどかわらない。

「警護につかせていただきます、氷上です」

敬礼とともに短く自己紹介をする。

「うかがっています」

ご面倒《めんどう》をおかけしますと、返される言葉は慇懃《いんぎん》だが、口調はその限りではなかった。自分が仕えるボスにそれだけの価値があると信じている声音だ。

「よろしく」

スッと差し出される手。指の長い、綺麗な手だ。

それを追うようにゆっくりと視線を上げて、豪奢な美貌に辿りつく。その中心で、透明度の高いブルーが、蒡を映していた。

「よろしくお願いします」

差し出された手を握り返すのではなく、一礼で応え、それから「どうぞ」と車の後部座席のドアを開ける。

碧眼に、一瞬責める色が過ったかに見えたが、それは見間違いだったかもしれない。「ありがとう」と、長身が車内に消える。ついで秘書も。

ふたりが車に乗り込む間も、蒡はただドアを開けて待っているわけではない。鋭敏な神経を周囲に

張り巡らせ、どんな危険にも即応できるだけの注意を払っている。

当然車も、ただのリムジンではない。防弾ガラスに特殊装甲、ランガードシステムを搭載した、警備車両だ。

ステアリングを握るのは、今回アドバンスを担当している班を率いる室塚だ。警護期間中、運転手を務めることになっている。蒡は助手席だ。警護に関するすべての情報が、自身の部下から、そして室塚経由で、蒡のもとに集約されてくることになっている。

宿泊ホテルの地下駐車場に辿りつくまでの間、斜め後ろから注がれる視線を感じつづけた。滑らかなステアリングさばきで車が都心を駆け抜ける間、それに気づかぬふりで、フロントガラスを睨みつづけた。

ホテルには、アドバンス部隊が先着し、すでに検索と洗浄を済ませている。その上で、配置についていた。蒡の班の課員たちは、ホテルの従業員や宿泊客に化けて、そうとわからないようにフォロー体制を敷いている。

上階のスイートルームには、カードキーを要するエレベーターや各階に設けられたコンセルジュデスクのセキュリティチェックを抜けなければ辿りつくことができない。世界各国からＶＩＰやセレブを迎えることを前提とした仕様が、このホテルが宿泊先に選ばれた理由だ。

ポーターも客室係も、限られたスタッフが担当する。だが今回は、ホテルスタッフに化けた蒡の部下がその役目を負っている。

スイートルームの壁一面ガラス張りの窓からは、首都東京のビル群がはるか彼方《かなた》まで見下ろせる。その前に置かれたマホガニー製のデスクとソファセット、反対側にはレトロな装飾の施されたグランドピアノが置かれている。オフィス機能を備えた執務室の並びに広いリビング、ダイニング、その奥にはパントリー。ベッドルームとバスルームがふたつずつに、さらにはコネクティングルームまで備わった、このホテル自慢の貴賓室だ。

「氷上さんは、こちらのコネクティングルームをお使いください。私《わたし》はもう一室のほうを使わせていただきます」

ひととおり部屋の設備を確認した秘書のミス・アッカーマンが、主寝室に近い方のコネクティングルームを指して言う。

「荷物はすでに届けられているはずですわ」

「……荷物？」

今回は二十四時間体制の警護で、莠もホテルに泊まり込むことになる。着替えなど必要最低限の荷物は部下の手ですでに運びこまれているが、そのことについて彼女が言及する必要はない。となれば別件だろう。

「彼につくからには、それに見合った恰好《かっこう》をしていただかなくては困ります。必要なものを揃えさせました」

そう言って、莠の頭のてっぺんから爪先《つまさき》にまで、値踏みする視線を寄《よ》こす。

国賓の警護にあたるからには、吊《つ》るしのスーツというわけにはいかない。ＳＰには必要経費からスーツが誂《あつら》えられている。

「ミズ・アッカーマン――」

左の薬指を確認して、そこにリングははめられていないものの、念のため「Miss」ではなく「Ms」と呼びかける。

「クラウディアで結構よ」

発言を遮られ、訂正された。しかたなく言いなおす。

「ミズ・クラウディア、自分は警護のために派遣されているのであって――」

「日本警察の了承はとっています」

またも言葉途中で遮られ、文句があるなら上司に確認をとれとばかりに返された。危険な状況を呼び込むようなものではないのだから、問題はないはずだと言う。

たしかにそうだが、動きにくいスーツを着て警護などできない。――と反論しかけて、莠は出かかった言葉を呑《の》み込んだ。そんな単純なミスを、この秘書が犯すわけがない。ここは黙って頷《うなず》くよりほかなさそうだ。

そこでようやく、一枚ガラスの大きな窓から眼下を眺めていた男が口を開いた。

「クラウディア、コーヒーを淹《い》れてくれないか」

ルームサービスのコーヒーではなく、秘書の淹れたコーヒーが飲みたいと言う。人払いの口実だと莠はすぐに察した。間違いなく有能だろう秘書はいわずもがな、だ。

「かしこまりました」

一礼をして、莠の脇《わき》をすり抜けて行く。その一瞬、含みの多い視線を寄こされた。

絨毯《じゅうたん》を踏む音がパントリーではなくコネクティングルームのドアの向こうに消えるのを待って、窓の外の景色に視線を向けていた長身が振り返る。

青い瞳が、その中心に莠を捉《とら》えた。莠も、眇《すが》めた目の内に、華やかな容貌を捉える。

睨み合うように視線を交わしたのは、たぶんものの数秒だった。

「十年ぶり……かな」

先に口を開いたのは警護対象の男のほう。

名をレオンハルト・ヴェルナーという。ドイツに本社を置く世界的大企業の御曹司で、今は世界規模で開発を手掛けるリゾート会社の社長職にある人物だ。一般的には、セレブ御用達のホテルグループのオーナーといったほうが通りがいいかもしれない。

濃い蜂蜜《はちみつ》色の金髪とサファイアブルーの瞳、長身に鍛えられた体躯《たいく》。ゲルマン民族の由緒正しき血脈を受け継ぐ豪奢な容貌は十年前と変わらないが、今はそのうえに大企業のトップたる威厳をまとって、ある種の威圧感すら感じさせる。

莠の、知らない男だ。

だが、知らないでは通らない、現状がある。

「いったいどんな立派な虎《とら》の尾を踏んづけたのですか？」

いったい何をしたら警察の警護が必要な事態を招くのか。

民間のボディガードで間に合わない理由はただひとつ。銃器の所持が許されるか否か、という点につきる。

つまりは、それだけの危険が予測される、ということだ。

そしてその危険が、レオンハルトや彼の会社のみならず、日本政府かもしくは政治家にも、何かしらの不利益をもたらす可能性がある、ということでもある。

でなければ、ＳＰが一般人を警護することなどありえない。

「さあ？」

惚《とぼ》けた顔で肩を竦《すく》め、両手を軽く掲げて見せる、芝居じみた仕種《しぐさ》。

「よほどのことをしたはずです。危険の内容がわからなければ、警護計画の立てようがありません」

「どんな危険からも警護対象を護るのがＳＰの仕事ではないのかな」

日本警察からは事前にそう説明を受けているという。

「優秀な人材を派遣すると言われた。安心して日本で仕事ができるように、とね」

いったい誰から？　と、口をついて出かけた疑問を呑み込む。

警護課長でもなければ警備部長ですらないことは明白だった。ＳＰひとりひとりの顔など知らない何者か、だ。

その何者かが、何を思って自分をレオンハルトの警護につけたのか。そのあたりが危険の存在に直結しているはずだ。

「与えられた任務は責任をもって遂行します」

だが、それ以上はお断りだと、言外に匂《にお》わせた。

自分がなんのために、こんなイレギュラーな任務を命じられたのか、想像がついている。駆け引きのコマとして利用される気はない。

「期待している」

莠の挑発を受け流して、優雅に微笑《ほほえ》む。そして、プレジデントチェアに腰を下ろした。

そこへタイミングを計ったように、クラウディアがコーヒーカップを載せたトレーを手に現れる。

コーヒーカップは三つあった。

「クラウディアの淹れるコーヒーは絶品だ。ぜひきみにも味わってほしい」

「せっかくのお心遣いですが、遠慮させていただきます。水分の摂取は制限しておりますので」

警護対象の傍《そば》を離れられないSPは、口にするものやその量にも気を遣う。利尿効果の高いコーヒーなど、休みの日であっても極力口にしないようにしている。

「私のことは、どうぞお気になさらず」

自分は客でもなければ部下でもない。歩く壁を、護られる側が気にかける必要はない。そんな常識は、常にボディガードに護られる生活の彼に、いまさら説くまでもないことだ。

「そうか。なら、私がコーヒー一杯を味わっている間に、着替えてきてくれたまえ」

コネクティングルームにすべて用意してあると言われて、莠は反射的に眉間《みけん》に皺《しわ》を寄せていた。目ざとくそれに気づいたレオンハルトが、愉快そうに言う。

「これも仕事だ。……違うかな？」

さきほど、任務は責任をもって遂行すると宣言したばかりだ。仕事だと言われれば、従うよりほかない。

「かしこまりました」

部屋に満ちるコーヒーの香りに背を向けて、コネクティングルームのドアを開ける。

寝泊まりするだけのために、どうしてこれほどのスペースが必要なのだろうかと、驚きも通り越して呆《あき》れてしまうほどの部屋だった。

クローゼットに、スーツが一式吊るされていた。ひと目でオーダーとわかる品だった。

それを手にとって、ようやくひとつ、深い息をつく。

吸い込まれそうな碧眼に対峙《たいじ》するには、相応の気力を要する。

その瞳が甘さを滲《にじ》ませる瞬間を、知っていればなおのこと。十年以上も昔のことなのに、腹立たしいほどに記憶は鮮明だ。今でも、思い出は色褪《いろあ》せていない。忘れようにも、忘れられなかった。

次々湧き起こる記憶を胸の奥底に気力で捩《ね》じ伏せながら、真新しいスーツに袖を通す。

スーツはもちろんシーアイランドコットンのワイシャツも誂えであることが、袖を通してすぐにわかった。靴も、足のかたちに合わせてつくられるオーダーもののようで、新品特有のはきにくさを感じない。

イヤホンマイクとホルスターをつけかえ、特殊警棒に手錠、身分証は所定の場所へ。最後にSPバッジを襟につけかえる。バッジには何色かあって、偽造を防ぐために、定期的に使用カラーが変更されることになっている。

思ったとおり、スーツは蒡の体型にぴたりと合った。SPのハードな動きにも、しっくりとついてくる。蒡のサイズはデータベースに登録されているが、果たして警察が情報提供した結果なのか、それともレオンハルトの記憶によるものか。

自分なら絶対に選ばないだろう洒落《しゃれ》た柄のネクタイを締めて、鏡に映った己の姿に眉《まゆ》を顰《ひそ》め、またひとつ長嘆。

深く考えても、現状はかえられない。

自分にできるのは、何がしかの危険から、世界経済を左右する力を持つ存在を、この身を呈して護ることだけだ。


着替えを終えて戻ると、クラウディアの姿はなく、レオンハルトは一杯のコーヒーをゆっくりと飲み終えたところだった。

「ほう……」

着替えを終えた蒡を見やって、満足げに頷く。

「自分で自分をほめたい気分だ」

気障《きざ》なセリフとともにソファを立って、蒡の前に立つ。伸ばされた手が、スッとネクタイに滑らされた。

タイの結び目を直して、またひとつ頷く。

それから、胸ポケットから取り出した小箱を開け、仰々しくおさめられていたものを蒡の胸元に留めた。

「これは……」

タイピンだった。

レオンハルトが抜きとったもの――蒡がいつも使っているものとは、桁《けた》がいくつ違うか知れない宝飾品レベルの逸品だ。ドット状に埋め込まれている石はクリスタルではありえない輝きを放っている。ダイヤモンドだろう。

オーダーもののスーツを着こなすためには、添える小物にも気を配らなければならない。

侍《はべ》らせる女を着飾らせるかのような行為に不快感を覚えないかといえば嘘になる。だが、これも任務のうちだと無理やり自分を納得させた。

「任務終了時に、スーツとともにお返しします」

「これはプレゼントだよ。スーツは消耗品だ」

取り合う気はない様子で、レオンハルトは軽く片手を上げることでつづく莠の言葉を遮ると、「では出かけることにしよう」と背を向けた。

「クラウディア」

ドアの向こうに呼びかけると、分厚いスケジュール帳と端末を手にしたクラウディアが「お車の用意はできております」と、主のためにドアを開けて待つ。

日本滞在期間中のスケジュールは事前に提出されていて、すべて莠の頭に入っている。だが、急遽《きゅうきょ》変更されることもあると、注釈のついたスケジュールには、臨機応変に対応するよりほかない。

「マルタイ、出ます」

『了解』

袖口に仕込んだマイクに報告を入れると、即座に応えがあった。

車に乗り込むとき、視線を寄こしたクラウディアが、「さすがはボスの見たてですこと」と、意味深な呟きを落とす。その視線がタイピンに落ちて、莠はぐっと唇を引き結んだ。

揶揄《やゆ》なのか挑発なのか知れない、だが明らかに、莠を敵視している。

ボスのためにならないと思っているのか、それとも日本警察がさし向けたスパイだとでも疑っているのか。日本政府の、無言の圧力と受け取っているのかもしれない。莠自身、今回の命令をそう受け取った。

だがそれもいたしかたない。

過去、自分たちの間には、たしかに肉体関係があった。

大学の四年間を、恋人同士としてすごした。

ただひとり、愛した相手だった。

移動の車中、斜め後ろからの視線を、ただひたすら黙殺しつづけた。

——『愛してるよ』

過去に聞いた甘い声が鼓膜に蘇《よみがえ》ってくるのを、幾度となく捩じ伏せて、フロントガラスを睨みつづけた。

組まれたスケジュールは過密のひと言だった。

2

レオンハルトの日本滞在中、わずかな時間も無駄にすまいとするかのように、視察や打ち合わせ、会食などが組まれている。

彼の来日がビジネスニュースに取り上げられないのは、あくまでも非公式の来日という位置づけになっているからだ。水面下での交渉事が主目的なのだろう、メディアの取材などはスケジューリングされていない。

人の集まる場所に出向かないのは、警護上プラスだが、予想される危険の輪郭さえ見えない警護は正直やりにくい。

テロや暗殺といった危険がつきまとう諸外国と違い、日本は平和だ。だがそれでも、SPが主に警護する政治家には予測される危険があり、警護のマニュアルも完成されている。

危険が降りかかる可能性など万にひとつだろう、かたちばかりの警護に駆り出されることも多いが、そういう場合にもやり方がある。

本当に大規模な警備体制を敷くほどの危険が予測されるのか、それともなんらかの意図をもってレオンハルトの傍に自分を置こうとしているだけなのか、わからぬままに、莠は初日のスケジュールをこなした。

日本警察なのか日本政府なのか、わからないが、自分という過去の汚点を使ってレオンハルトに圧力をかけようとしているのだとしても、なぜそんなことまでする必要があるかは、莠の知るところではありえない。

また、脅迫や企業恐喝などといった、明確な危険の存在があったとしても、それが企業の不利益になる情報ならば、現場の人間に開示されることはない。現場はただ、命令にしたがって、身体《からだ》を張ってマルタイを護るだけだ。

一日かけて莠が観察したところでは、レオンハルトにもクラウディアにも、特別緊張した様子はなく、明確な危険が予測されるのだとすれば、ふたりともに、たいしたポーカーフェイスと胆力といえた。

ならばやはり、自分の存在が、取り引き材料か、もしくはレオンハルトの首につける鎖として使われていると考えるべきだろう。

レオンハルトの存在が、日本警察なのか日本政府なのか、それとも政財界の誰か個人なのかは知れないが、邪魔になっているからこそその警護、ということになる。最初に莠が尋ねたとおり、よほどの虎の尾を踏んだのだろう。

だとすれば、レオンハルトのほうから自分を切ることはできない。かといって、莠には命令を拒否する権限がない。

レオンハルトの邪魔になるのは本意ではないが、なんらかの危険の存在が拭《ぬぐ》いきれないのだとすれば、この手で護りたい気持ちもある。

一日、レオンハルトの背中を見つめつづけて、斜め後ろからの視線を感じつづけて、それが、莠が出した結論だった。

昨年都心にオープンしたばかりのホテルを視察したあと、関東圏のはずれに建設が予定されているレジャー施設の開発を請け負う大手ゼネコンの幹部と秘密裏のランチミーティング、そのあとでようやく日本支社に顔を出し、支社長を含む幹部と打ち合わせ、移動途中で都心の商業施設に立ち寄ってリサーチをし、夜は環境省の役人と会食。

まさしく分刻みのスケジュールを、長時間のフライトを終えた直後だというのに、疲れた顔ひとつ見せず、レオンハルトは悠然とこなした。

これほどタフな男だったろうかと、莠は胸中で驚きを新たにする。

それを表面に出すことのかなわないままに、打ち合わせや会食の間は部屋の外で待ち、徒歩での移動時には、ぴたりと一歩後ろをついて歩いた。

いつもなら、マルタイをホテルに送り届けたところで任務から解放される。だが今回は、通常ありえない二十四時間体制だ。警護の本番はここから…ともいえるのではないか。

「マルタイ、帰着」

『了解』

蒋の抱いた懸念が事実だとすれば、レオンハルトの考えを探る必要がある。その上で、己の進退を決めなければならない。

「お疲れさまでした」

一日のスケジュールを無事終えて、クラウディアの表情がいくらかゆるむ。

「何かお飲みになられます？」

「自分でやるからかまわなくていい。きみも疲れただろう？」

明日以降のために、今日は早目に休むといいと、秘書を気遣う。クラウディアは、「そうですね」と頷いた。

「朝食は七時に。ゆっくりお休みください」

明朝の確認だけして、お先に…と踵《きびす》を返す。コネクティングルームのドアの開閉音のあとに、鍵《かぎ》のかけられる音はなかった。レオンハルトとは、単なる上司と部下ではなく、特別な関係にあるのかもしれない。

「自室におりますので、何かあればお呼びください」

すでにスイートルームのドアの前には警備のＳＰが立ち、地下駐車場の車にも、爆薬等が仕掛けられる危険性を考えて監視がつけられている。室内にいる限り、安全は保障されているといっていいだろう。

自分も、明日以降のために、身体を休めなければならない。それも、仕事のうちだ。

「待ちたまえ」

クラウディアが足を向けたのとは反対側に踵を返そうとして、呼びとめられる。

足を止めると、ジャケットをソファの背に放《ほう》り捨て、ネクタイのノットを少し乱暴にゆるめたレオンハルトが、ミニバーからウィスキーのボトルを取り上げる。ドームカバーのかぶせられた皿には、軽食とつまみが用意されていた。

「何も食べていないのではないか？」

自分が会食の席についている間、ずっと廊下で警護していたのだろう？　と言う。

「お構いなく」

たしかに夜は何も口に入れていないが、昼はクラウディアに付き合って軽く食べた。それで充分だし、必要なら外を固めている面子《めんつ》に差し入れを頼めばいい。身体が動くだけの栄養が取れればいいのだから、コンビニ飯で事足りる。

「少しくらい、つきあってくれてもいいんじゃないか？」

「お呑みになられたいのでしたら、ラウンジへ行かれますか？　警護の者をつけます」

ひとりで部屋呑みするのが嫌なら、最上階の眺望を誇るラウンジに足を向けてはどうかと提案する。

警護の手間ではあるが、マルタイが窮屈な思いをするよりはいい。

レオンハルトは苦い笑みを浮かべて、「私はきみと呑みたいのだが……」と肩を竦めた。取りつく島もないな…と言いたいのだろう。

「任務中は遠慮させていただきます」

探りを入れたい気持ちはあるものの、過去に言及するつもりはない。

「この部屋に戻った時点で、きみの役目は外の彼らに引き継がれているだろう？」

レオンハルトの言うとおり、二十四時間体制の警護といっても、ひとりの人間がずっとというわけにはいかない。近接警護が苺ひとりと限定されている以上、それを補うために常以上のバックアップ体制を敷いている。

「だからといって、気を抜いていいことにはなりません」

この部屋に侵入するのが至難の業だとしても、絶対に不可能かと言われれば、その限りではない。

大きなガラス窓の向こうは遮るもののない空だ。その道のプロなら、いかようにも侵入方法を考えるだろうし、最悪特攻という手もある。本気でレオンハルトの暗殺を考えるのなら、事故にみせかけてヘリを突入させることだって、できなくはない。

考え過ぎだと言われても、最悪の事態を想定して動くのが警察だ。日本でそんな派手《はで》な手段がとれるわけがないと、楽観できる時代は終わった。日本でもあたりまえに爆破テロが起きるし、銃器を使用した暗殺行為も報告されている。

「相変わらず、真面目《まじめ》だな」

相変わらず……という言葉が、菶の血流を一瞬速めた。レオンハルトの記憶にある自分と今の目の前に立つ自分とを比べての言葉……つまり、過去を忘れてはいないと、言われたのと同じことだ。

「なぜ、断らなかった？」

この任務を、どうして断らなかったのかと言う。

「命令ですから」

否と言えるわけがない。言ったが最後、窓際へ追いやられるだけのことだ。警察は、そういう組織だ。

「断れなくて、しかたなく……か」

ロックグラスにウィスキーを注ぎながら、喉《のど》の奥で小さな笑いを転がす。

警察のような上意下達の絶対的な上下関係を持つ組織ではそれが当然であることくらい理解しているはずだ。それでも、納得とは程遠い、といったところか。

「ご安心ください。たとえ理不尽な任務でも手は抜きません。かならずお護りします」

過去を悔やむ気持ちがあると、思われたくはない。だからわざと邪険な言い方をしたつもりだったのに、つい余計な言葉を付け足してしまって、胸中で舌を打つ。

口に運ぼうとしていたグラスを持つ手を止めて、レオンハルトは端整な口許を歪《ゆが》めた。グラスを置いて、大股に菶の前に立つ。頤《おとがい》に手を伸ばされ、視線を合わせるように顔を上げさせられた。

「愛した人を、楯《たて》にしろと？　残酷なことを言うね」

自嘲と、抑えた怒りを孕《はら》んだ、低い声。

「SPは、動く壁です」

それが自分の仕事だと返す。そして今現在、自分たちの間には、どんな感情も存在しえないはずだ、と……。

「過去など、お忘れになられるべきです。あなたには、そうする義務がある」

いずれ大企業グループの総帥の座につくことになる自分の立場を考えるなら、迂闊《うかつ》なことを口にするべきではない。

学生時代の恋愛がなんだというのだ。そんなもの、過去に積み重なる経験のうちのひとつではないか。それにこだわる必要がどこにある。

「きみは、忘れたのかい？」

「忘れました」

即答した。不自然すぎたと思ったが、言い淀《よど》むよりはましだ。

見つめ合ったのは……いや、睨み合ったのは、ものの数秒だったが、もっと長く感じられた。

頤を捉えていた手が頬《ほほ》に滑らされようとするのを察して、やんわりとそれを払う。

「先に、休ませていただきます」

一歩下がり、深く腰を折って、背を向ける。

コネクティンググルームのドアを潜《くぐ》って、無意識にも後ろ手に鍵をかけようとした手を、寸前でとめた。クラウディアと自分とでは、その意味は違う。万が一のときに、咄嗟《とっさ》に飛び出せなくては困るからだ。

閉めたドアに背をあずけて、大きく息をつく。いまさらのように、心臓が高い音を立てて鳴りはじめた。早い血流が、息苦しさを生む。

「……っ、くそ……っ」

この程度で動揺してどうする。

こんなことでは、ふりかかる危険からレオンハルトを護れない。

「忘れた、だって？」

冗談ではないと嗤《わら》いが零れた。

忘れられるくらいなら、あのとき別れを切りだしたりなどしていない。

大学卒業を前に、終わりを決めたのは自分だった。

十年経《た》っても、あのときの疼《いた》みは、忘れられない。一生、忘れることなどできないと、今朝、タラップに降り立った男の姿を目にした瞬間に、思い知らされた。

氷上莠がレオンハルト・ヴェルナーと出会ったのは、幼少のころ、警察官だった父の赴任先でのことだった。

各省庁から各国領事館に派遣される人材のなかに、警護を請け負う警察官の存在がある。

本庁勤務の刑事だった蒡の父が辞令を受けて海外勤務につくことが決まったとき、母は幼い息子とともに夫についていくことを選んだ。

総領事夫妻は気取ったところのない人物で、父母はもちろん、幼い蒡のことも、まるで孫のように可愛がってくれた。

総領事夫人は、海外暮らしが長いせいもあるのだろう、ホームパーティを開くのが趣味で、それがセレブ夫人の集いの場ではなく、夫を支えてくれるスタッフとその家族の労《ねぎら》いの場になっていたのはひとえに夫人の人柄のなせる技だったろう。

領事館勤務の夫を持つ妻のなかで、蒡の母は一番若く、必然的に夫人の手伝いをする機会が多かった。

ティーパーティに呼ばれれば、朝から出向いてお菓子を焼く手伝いをし、おおがかりなホームパーティともなれば、シェフとともに厨房《ちゅうぼう》にも立つ。

右も左もわからない外国暮らしに当初は不安を感じていただろう母にとっては、面倒に巻き込まれているというのではなく、素直に楽しくてしかたのない時間だったに違いない。事実母は、いつも楽しそうに笑っていた。

未就学年齢だった蒡は、その間、領事館の庭で飼われている犬と戯れたり、広い領事館のなかを探検したり、ときには総領事の愛猫と一緒に広いリビングで昼寝をしたりと、ひとり遊びを楽しんでいた。

総領事の執務室に紛れ込んでしまって、父が呼ばれて駆けつけると、総領事の膝《ひざ》で絵本を読んでもらっていた、なんてこともあったと、のちのち母に聞かされたこともあった。

好奇心が満たされないうちは、ひとり遊びも楽しかったが、やがて退屈しはじめる。犬も猫も、呼びかければ返事はしてくれても、話し相手にはならない。

ホームパーティの席で同じ年頃《としごろ》の少年――レオンハルトと出会ったのは、そんなタイミングだった。

ふわふわな金髪と宝石のような青い瞳の、とても可愛い子だった。

お人形さんのように可愛くて、当然女の子だと思って、見惚れていたら、ふわふわ綿飴のように甘そうな可愛い子が、言ったのだ。

「ボクのお嫁さんになる？」

ふいのキスと、唐突なプロポーズ。

「……へ？」

このとき、莠のほうが少しだけ目線が高かった。

天使のように可愛い子から、チュッと甘ったるくキスをされて、突然のプロポーズを受けて、わけのわからぬ興奮状態に陥って――たぶん動揺だったのだろう――幼い莠は小さな拳《こぶし》をぎゅっと握って震わせた。

「ボクは男だ！　自分こそ、お人形さんみたいな顔してるくせに！」

絶対に女の子だ、間違いない。蒡は地団太《じだんだ》を踏んだ。そして、勢いのままに言ってしまった。

「ボクのお嫁さんになれ！」

今度は蒡がプロポーズ。

青い目がきょとり…と見開かれて、長い金の睫毛《まつげ》が瞬く。言われた言葉を理解できていない様子だった。

「蒡ちゃん、どんなに可愛くても、レオンくんは男の子よ。お嫁さんにはできないわ」

母が青くなる一方で、父は腹を抱えて大笑い。「笑いすぎよ！」と妻に諌められても、父の笑いはおさまらなかった。

幼い蒡がはじめて経験するままならなさだったかもしれない。こんなに可愛いのに、お嫁さんにできないなんて！　と、蒡は癇癪《かんしゃく》を爆発させた。

ふわふわの綿飴に手を伸ばして、乱暴に引っ張り、ぱくりっ。

甘くなかった。

綿飴のようにふわふわなのに、甘くないのはどうしてっ!?

じわわ…っと瞳に涙を滲ませると、間近にある青い瞳が驚きに見開かれる。小さな手が蒡の両頬を包み込んで、それから視界いっぱいに、ふわふわ綿菓子のような可愛い顔。目にいっぱい溜まった涙が、ちゅっと触れるだけのキスに掬《すく》い取られる。

莠は大きな目をパチクリさせて、今度は驚きに固まった。

キスやハグの習慣のない日本で育った莠には、少年の行動が理解できなかったのだ。

結果、びっくりして、びっくりしすぎて、驚きと困惑と羞恥《しゅうち》と……。幼子には、たとえ己のものとはいえ理解しがたい感情が、苛立《いらだ》ちと怒りという、ある種わかりやすい感情の奔流となって発散された。

なんで甘くないのか理解できないふわふわ金色の綿飴を、莠は小さな手で摑《つか》んで力任せに引っ張ったのだ。

間近に「いたい！」という悲鳴を聞いた直後には、自分も「いたい！」と叫んでいた。

摑み合いの取っ組み合い。

幼いとはいえ……いや、幼いからこそ手加減を知らない。

「莠!?　なにしてるの！」

「レオン！　おやめなさい！」

母親たちが大慌てで引きはがしたときには、どっちのほっぺたにも引っかき傷ができ、やわらかな髪は金も黒もぐしゃぐしゃのひどいありさまになっていた。

「うぇぇぇぇんっ！」

ユニゾンで競うように泣いて、泣きじゃくって、泣き疲れたころに、総領事夫人手製のケーキを切り分けてもらって、むすっと涙を拭いながら、テーブルに並んで同じケーキを食べた。

腹が膨れれば、現金なもので、子どもの機嫌など簡単に上向く。

摑み合いの喧嘩をしたことなどあっという間に記憶の彼方、ふたりは手に手をとりあって、緑あふれる庭を駆けずりまわった。

「レオン！　こっちこっち！」

「蒡ちゃん、待って！」

ふたりの遊び相手になってくれた犬を追いかけて、芝生に寝そべって、笑い転げた。

「ふわふわでわたあめみたい」

レオンハルトの金髪は、蒡のお気に入りになった。

「蒡ちゃんのおめめもきれいだよ」

そう言って、眦にちゅっとキスをする。二度目は、蒡も驚かなかった。それどころか、なんだかちょっと嬉しかった。

自分こそ女の子のように可愛いのに、レオンハルトは少年ながらに紳士だった。かならず蒡に手を差し伸べてくるし、重いドアも開けてくれようとする。そのように育てられているのだと、蒡が知ったのはもっとあとのことだ。

制度として廃れたとはいえ、かつては貴族の称号を与えられていた家柄の嫡子で、いずれは家督を継ぐのだという。

ヴェルナー家は、欧州各国に傘下企業を展開させる大企業グループの創始者一族で、家督を継ぐということは、いずれ企業グループの総帥の座に就く、ということ。そのための帝王学を、物心ついたときから学ばされていたのだ。

だが、莠と出会った当時は、まだまだ幼い子ども。親の思惑がどうだろうと、レオンハルトは素直で無邪気で明るくて懐っこくて……異国の地で少し退屈な思いをしはじめていた莠にとって、まさしく運命の出会いだった。

このパーティの日以来、莠とレオンハルトは、毎日一緒に遊んで、毎日別れ際にもっと一緒にいたいと泣いて、翌日にはまたきゃっきゃっと転げまわるようになった。

初夏には総領事夫妻も交えてピクニックに出かけ、夏は海へバカンス、クリスマスはお揃いのサンタさんパジャマを着て大きな靴下を枕元《まくらもと》に吊るしたベッドで手を繋《つな》いで眠り、ニューイヤーには雪だるまをつくった。

粉まみれになってパン生地をこねたり、母がお菓子を焼くのを手伝ったり……レオンハルトは、莠の母がつくる日本のおむすびが大好きだった。小さな手を米粒まみれにして、おっきなおにぎりをにぎって、交換して食べたこともあった。

楽しくて楽しくて、毎日が幸せで、そんな日がずっとつづくものと思っていた。

まるで兄弟のように濃密な時間をすごして、誰よりも互いが好きで好きで大好きで、朝起きてから夜ベッドに入るまで、ずーっと一緒にいられたらいいのにと思っていた。

眠るときも一緒だったらいいのにと、毎晩ベッドに入るとき、大きなクマのぬいぐるみをぎゅっと抱いて思ったものだ。このクマのぬいぐるみも、レオンハルトとお揃いで、毛色違いを買ってもらったものだった。

「レオンはおっきくなったら、おとうさんのおしごとおてつだいするの？」

「う…ん」

レオンハルトの父親が大きな会社を経営していると教えてくれたのは母で、秀が「レオンはしゃちょうさんになるの？」と訊《き》いたら、少し考えるそぶりを見せたあと、「秀ちゃんは？」と訊き返してきた。

「ボクはねぇ、パパとおなじ。おまわりさんになるの！」

「おまわりさん？」

「えらいひとをまもるんだよ」

交番勤務のお巡りさんではなく、父のように偉い人を護る仕事をする警察官がいることを、秀は知りえる限りの語彙《ごい》を総動員して、身振り手振りまで加えて説明した。

「そうだ！　おっきくなってレオンがえらくなったら、ボクがレオンをまもってあげる」

だからえらくなってね！　と、それは幼い子どもゆえの単純な思いつきだったが、二十数年後の結果を見れば、人生など存外と簡単に決まってしまうものなのだと思わざるをえない。

「そうしたら、あんしんしておしごとできるでしょう？」

秀の言葉に、レオンはパァ…ッと表情を綻《ほころ》ばせた。

「うん！」

花のように、ニコリと笑みを浮かべる。綿飴のような金髪が、ふわりと揺れた。

あとになって思えば、このときのレオンハルトは、親の敷いたレールのままに生きることに、幼いながらに疑問を抱きはじめていたのかもしれない。あるいは強制的に施される帝王学の講義に意味を見出《みいだ》せずに退屈していたか。

「じゃあ、ずうっといっしょにいてね」

「うん！　おっきくなってもずっとね」

幼いゆびきりげんまんは、大人の目に微笑ましいばかりであっても、当人たちは真剣そのものだ。

このときふたりは本当に、ずっとずっと一緒にいられるものと思っていたし、約束は間違いなくかなえられるものと確信していた。

幼い菁は知らなかった。父の赴任期間には期限があって、それが終われば日本に帰らなければならないことを。

菁の父は、二年の赴任期間を終えたタイミングで、本庁に呼び戻されることになった。

日本に帰るのだと聞かされた日の衝撃。

幼い菁にとっては、世界の終わりにも等しかった。

レオンと、ずっと一緒にいようと約束したのだ。大人になっても、一緒にいようと約束したのだ。

絶対に嫌だと泣いて、泣いて、泣きじゃくって、でも小さな子どもに、大人の世界の決定事項をどうこうする力などあるわけもなかった。

愛息子《まなむすこ》に、部屋に籠城《ろうじょう》されてこの世の終わりとばかりに泣かれても、父にも母にも、「じゃあ、ここでずっと暮らそうね」などと、言えたはずもなかった。

泣いて泣いて泣き疲れて、意識も朦朧《もうろう》としはじめたころには、幼いながらに、レオンハルトと離れ離れになるのはどうにもならない決定事項なのだと理解していた。けれど、しかたないと思っても、やっぱり哀《かな》しくて寂しくて、涙は止まらなかった。

ずっと一緒にいられると信じて疑わなかったからこそショックは大きくて、そして離れ離れになったらもう二度と会えないと思い込んでいたのだ。

泣き腫らした顔で膝を抱えて部屋に閉じこもっていた莠を、扉を開けさせ外に連れ出したのは、ほかならぬレオンハルトだった。

父母にどう説得されたのか、物心ついたときから施されてきた帝王学の賜物《たまもの》だったのか、自分たちの置かれた状況と大人の事情とを正しく理解して、今はお別れを言わなくてはならないこと、でもいずれもう少し大人になったら、きっとまた会えるだろうことを、伝えに来たのだ。

「レオンは、ボクとはなればなれになってさみしくないの？」

ずっと一緒にいようねって言ったのに……と、莠が涙を滲ませると、レオンハルトは初対面の日にそうしたように、莠の眦に溜まった涙を淡いキスで拭い取った。

「むかえにいくよ。だからまってて」

「いつ？」

「おとなになったら、ずっといっしょにいられるの？」

あと何回寝たら、大人になれるのだろう。

漠然とした遠い未来は、幼い蒡の想像の範疇《はんちゅう》外にあって、安心とは程遠い約束だった。そんな蒡にレオンハルトは素敵《すてき》な提案を寄こした。

「ボクのおよめさんになれば、ずっといっしょにいられるよ」

「ボク、おとこのこだもん。レオンのおよめさんにはなれないよ」

そしてレオンハルトも、どんなに可愛くても男の子だから、蒡のお嫁さんにはなれない。はじめて会った日に、それで喧嘩をしたふたりだ。

「だいじょうぶ！　けっこんは、ずっといっしょにいようね、ってやくそくだもん。そんなのかんけいないよ！」

「……そうなの？」

言いきられて、蒡は大きな目をパチクリさせた。女の子しかお嫁さんにはなれないのではなかったのか？　でもレオンハルトがそう言うのなら、きっとそうなのだろう。

「むかえにいくから！　まってて！」

「うん、まってる」

涙を拭って、大きく頷いた。

ゆびきりげんまんのかわりに、淡いキスをした。

大人の目には、小さな子どもの微笑ましいやりとりにしか見えていなかったろう。けれど当人たちは本気だった。真剣だった。少なくとも、この瞬間は。


子どもというのは現金だ。

新しい世界に馴染《なじ》みはじめれば、目新しいもの、今目の前にあるもの、自分自身を今現在取り囲んでいるものが、生活のすべてになる。

帰国してしばらくは、レオンハルトのいない世界に価値を見出せなくて、ほとんど部屋に閉じこもっていた莠だったが、学校に通いはじめると、世界は一変した。

新しい友だちができ、新しい世界が開け、新しい知識の洪水に曝《さら》されて、毎日が楽しくてならなくなった。

レオンハルトとは、当初は母に手伝ってもらって、手紙やハガキを書いたり、たまに国際電話をかけたりして、その後も連絡を取り合っていたけれど、学年が上がるにつれて、今目の前にある世界のほうがより重要性を増してくると、どうしても疎遠になりがちになった。

それでも、レオンハルトとの約束を忘れたわけではなかったし、レオンハルト以上にクラスの友だちのほうが大事というわけでもなかった。

比べられる存在ではなかった、というべきか。

そうはいっても、物理的な距離はいかんともしがたく、エアメールが届くのにかかる時間と、国際電話の手間、高額な通話料といったものが、ふたりを疎遠にした時期もあった。

だが、時代の流れは著しい。

技術は日進月歩で、昔なら考えられなかったことが、誰にでもあたりまえにできる世の中が、ふたりが大人になる前に到来した。

便利な文明の利器が急速に発達してくれたおかげで、海を隔てていても連絡を取り合うのは容易になり、物理的な距離をものともせず、リアルタイムで顔を見て言葉を交わすことすらできるようになった。

SNSで互いの動向を知り、メールとネット回線を使ったテレビ電話とで連絡を取り合う。

メールや電話の内容は他愛ないものだ。今日学校であったこと、食べた物、今流行《はや》っている物事、興味のある映画や本についてなど。クラスメイトと交わす内容と大差なく、ただ情報の範囲がワールドワイドになることと、言語が英語だという違いだけだった。

『会いたいな』

年々甘さを増していく熱っぽい声音。

「会いたいよ」

メールでも電話でも、終わりの言葉はいつも一緒。

だったら会いに来たらいいのに。日本の普通の高校生でしかない自分と違って、レオンハルトには
そうした自由も許されるだろうに、長い休みに入っても、彼が日本を訪れることはなかった。

そんな友だちづきあいをつづけながら、レオンハルトが一度として会いにこなかった理由を、蒡は
大学入学直後に知ることになる。

「約束どおり、迎えにきたよ」

ようやく自立できたから、約束が果たせると、突然目の前に現れた幼馴染は、記憶にあるふわふわ
綿飴の可愛らしい少年でも、インターネット回線越しに見るクールな青年でもなかった。

ひとりの男の顔をしていた。

情熱をたたえた青い瞳に囚われた瞬間に、蒡はレオンハルトのすべてを、受け入れてしまっていた。

無意識にも過去に飛んでいた蒡の意識を現実に引き戻したのは、重厚なドアの開かれる音だった。
ホテルのレセプションルームで、第三者の目を排除するかたちで行われた会談の相手が何者なのか、
蒡が関知するところではない。

けれど、顔には見覚えがあった。以前に、警護に駆り出されたこともある相手だ。つまりは、一般人ではない。

土地開発やリゾート業というのは、たぶんに政治的な側面を持つ。一昔前には、政治献金がわりに企業が土地を買う、いわゆる迂回献金などのやり口も多く見られた。

山林を切り開くにも、道路をつくるにも許認可の問題があり、政治家や官僚との付き合いは避けて通れない。それは欧米だろうが日本だろうが、変わらないのだろう。そもそも土地の売買には、大きな金が動く。それに絡む利権も多い。

もしかしたら、そのあたりで、何かトラブルがあったのかもしれない……と、薪はレオンハルトに警護が必要な理由を考える。

政治的色合いを持つトラブルなら、どんな事態もありえるし、警察に圧力をかけられる存在がかかわっていることも考えられる。

レオンハルトが動くことで、損をする人間もいれば得をする人間もいる。前者は敵となり、後者はいっとき味方となる。

その味方のなかに、警察を動かした人間がいるのか。

それとも敵となる人物が、無言の脅しとして、薪を傍に置かせたのか。

どちらも考えられる今、決して楽観視できる状況ではないというのに、日々精力的に動くレオンハルトに、そうした危険を危惧《きぐ》する様子は見られない。クラウディアも同様だ。

ホテルでおとなしくしていてくれたら、警護はやりやすいが、マルタイがそれを望まない限り、警護計画に変更はない。

今日は朝から東北の山間まで新幹線と車を乗り継いで視察に出掛け、とんぼ返りして支社の幹部と少し遅めのランチミーティング、それから都内のホテルを梯子《はしご》して会談を三件。三件めが、今終わったところだ。

「お疲れさまでした」

一歩後ろを歩くクラウディアが、端末を操作しつつレオンハルトに労いの言葉をかける。

「さすがの狸《たぬき》だな」

愉快そうに返す声には、余裕の色。いわゆる道路族と言われる政治家のなかでも発言力を持つ人物相手に、一歩も引かない姿勢がうかがえる。

「会食まで少し時間がありますが、ホテルに戻られますか？」

ものの一時間もゆっくりできないだろうが、それでも外よりマシではないかとクラウディアがレオンハルトを気遣う。

「いや……」

少し考えるそぶりを見せたレオンハルトは、「お茶をしないか」と振り返った。

「ミルクレープ、好きだろう？」

レオンハルトが声をかけたのはクラウディアだった。だが、ミルクレープという単語に、莠の心臓がトクリと跳ねる。

「美味《おい》しいの限定ですけど」

眼鏡《めがね》のブリッジを指先で押し上げ、その奥の濃いマスカラに縁取られた瞳を興味深げに瞬く。クールな印象の彼女だが、意外にも甘いものが好きらしい。

彼女がかけているのは伊達《だて》眼鏡だ。ツーポイントフレームのそれが硬質な印象を与えるものの、その奥に隠された素顔は、レオンハルトばりに華やかな美貌だ。

「それは彼が太鼓判を押してくれるよ」

「……え？」

突然話をふられて、蒡は思わず訊き返してしまった。慌てて「申し訳ありません」と詫《わ》びる。

レオンハルトの言う店のことは、ミルクレープと聞いて、すぐに蒡の頭にも思い浮かんでいた。学生時代によく行ったカフェが、この近くにある。今も営業しているはずだ。

オーストリア菓子がウリの店で、雑誌等にも多く取り上げられている。洒落たテラス席が印象的な都会的なカフェではあるが、人気店であることもあって、都心の立地条件が反映された値段の割に落ちついた雰囲気とは言いがたい。学生やOLが、たまの贅沢《ぜいたく》で訪れるタイプのカフェで、とてもではないが今のレオンハルトには似合わない。当然クラウディアにも、だ。

たしかに味は悪くないが、十年前と今とでは、都内のパティスリーのレベルは段違いだし、もっと評判のいい店がいくらでもあるだろう。このホテルのティーサロンも、スイーツの評判はよかったはずだ。

「ホテル内にされたほうが――」

「せっかくですもの、参りましょう！」

東京は、世界一の美食の街だ。三つ星店の数は、世界的に名を知られるガイドブックの本拠地である食の都パリより、美食の国ベルギーより、東京のほうが多い。

すっかり興味をそそられた様子で、クラウディアが眼鏡の蔓《つる》をくいっと上げる。

「氷上さん、案内してください」

「しかし……」

「少しくらい息抜きしなければ、ハードなスケジュールはこなせませんわ」

果たしてレオンハルトに向けているのか彼女自身のためなのか、わからない言葉を返してくる。いや、もしかすると、自分への……？

レオンハルトと別れて以降、一度として足を運んだことのない店だが、地図は今でもしっかりと頭に入っていた。

「予定を変更する」

無線で警護部隊に情報を徹底させ、店の確認を指示する。

アドバンスからの連絡で、奥にＶＩＰ用のソファ席があるというので、そこを押さえさせた。

そういえば、当時から奥まった場所にＶＩＰシートがあったような気がする。学生には無縁の席だったから、記憶していなかった。

すでにアドバンスの面子が数人、客として入り込んでいる店内は、何も知らなければ人気カフェの午後の風景以外の何ものでもない。だが蒡の目には、違和感をもって映る。客として通っていた当時の記憶が鮮明だからかもしれない。

ミルクレープを三つオーダーしようとしたレオンハルトを止めて、メニューをじっくり検分した結果、クラウディアはミルフィーユとクラブハウスサンドをオーダーした。そんなに食べるのか？　と驚き顔を向けるレオンハルトに、「サンドイッチはボスのぶんです」と言う。

「会食など、どうせろくに食べられないのですから、先に胃に入れておきましょう。氷上さんはミルクレープよね」

「いえ、自分は……」

「この場で、ひとりだけ飲み食いしないのも不自然よ」

辞退しようとしたら、クラウディアにそう指摘された。ＶＩＰシートとはいっても、完全個室ではないから、それもいたしかたない。

泡が小山のように盛られた、この店オリジナルのカプチーノとミルクレープがテーブルに届けられる。レオンハルトの前にはクラブハウスンサンドとカプチーノ、クラウディアはミルフィーユとブラックコーヒー。

いやがおうにも、十年前を思い出さざるをえない。

しかたなくカプチーノに口をつける。十年前と変わらぬ味だった。いってみれば、少し古さを感じさせる味。

層が美しいミルフィーユのデザインにひとしきり感嘆を述べてから、クラウディアはケーキを口に運び、「delicious!」と頷く。

「日本は本当に、何を食べてもたいがい美味しいわ。文句があるとすれば、量が少ないことね」

欧米人の胃袋と日本人の繊細な胃袋を同列に語られても困る。胃袋のサイズも頑健さも、比べるまでもないことは紛れもない事実だろう。

「よろしければ、お召し上がりください」

ミルクレープの皿をクラウディアの前に滑らせる。その間にクラウディアは、日本では少し大きめに分類されるだろうミルフィーユを数口で胃におさめてしまった。

「ひと口ぐらい、お食べになられたら？」

言いながら、レオンハルトが手をつけないまま放置していたクラブハウスサンドに手を伸ばす。職場での上下関係を考えればありえないことだが、ふたりがプライベートでも親密なのだとすれば、特別なことでもないだろう。

どうにも追い込まれた気持ちで、蒡はしかたなくミルクレープの皿を引き戻し、フォークを手にする。小さくひと口分を掬いとって、思い出の味を口に運んだ。

濃厚な甘さが口中に広がる。カプチーノ同様、こちらも記憶にあるままの味だ。――ふたりで、分け合って食べた味。

　クラブハウスサンドの皿に、ちらりと視線を落とす。偶然だろうか……と、考えた。クラブハウスサンドとミルクレープとカプチーノをふたつ。それが、当時の定番のオーダーだった。

　ちょっと洒落たカフェでお茶をすることで、大人になった気になっていた、二十歳そこそこのころの、ちょっと擽《くすぐ》ったい思い出。だが今の莠にとって、次々思い出される過去の記憶は、どれもこれも苦さと疼さをともなったものでしかない。

　一切れを口に運んで、ふた口めはフォークに掬った状態のまま手を止めていたら、ふいに向かいから伸ばされた手が、莠の手首を摑んだ。

「……っ！　レオ……っ」

　莠の手を包み込むようにして、レオンハルトがフォークを自身の口に運ぶ。そして、「変わってないな」と呟いた。まっすぐに、莠の目を見て。

　ドクリ…と、心臓が嫌な音を立てたものの、表面上は何食わぬ顔でやりすごす。店内に散っているSPたちの目も、気にする必要はない。ついうっかりレオンハルトの名前を呼びかけたことは、なかったことにした。

　レオンハルトの反応に興味をそそられたのだろうか、クラウディアが「私もいいかしら？」とフォークを伸ばしてくる。

「え？　ええ、どうぞ」

レオンハルトの眼差《まなざ》しから逃れるきっかけを得て、蒡は今一度ミルクレープの皿を彼女の前に滑らせた。

「人気ナンバーワンなのがわかるわ」

満足げに頷くクラウディアの胃袋を頼ることにして、蒡はせっかくの泡が潰《つぶ》れてしまったカプチーノを、またちびり…と、口にする。舌を湿らせる程度の水分補給と割りきって、その苦さを喉の奥に呑み込んだ。

クラウディアがパウダールームに立つと、途端に空気が気づまりになる。

会食会場に指定されている料亭に移動するまでには、まだ若干の時間があった。周囲に注意を払いながら、蒡は一杯のカプチーノを持て余す。

「こんなところに連れてきて、なんのつもりだ」

唐突に、芝居じみた口調が向けられた。そう言いたいのだろう？　と、確認の視線を寄こされる。

「言いたいことがあるのなら、言うといい」

今はふたりだし、この会話が無線で聞かれているわけでもない、だから言いたいことを言えばいいと、レオンハルトが青い瞳の中心に蒡を映す。

「過去を掘り返す、必要性がわからないだけです」

諦念《ていねん》のため息とともに、蒡は短く返した。

「必要性、ときたか……」

ずいぶんだな……と呟いて、ククッと喉の奥で笑いを転がす。

「きみはあのとき、私が納得したと思っているのかい？」

落ちた声のトーンとともに、ふたりを包み込む空気がヒヤリ…と、温度を下げた。

「……え？」

それはどういう意味……？　と問う前に、近づいてきたヒールの音に邪魔される。

「お待たせいたしました」

クラウディアの前で、過去に言及することはできない。莠は出かかった言葉をぐっと呑み込んだ。

――レオンが、十年前の別れを受け入れていなかった？

けれど、莠が別れを切り出したとき、レオンハルトは、何も言わずただ頷いたのだ。驚いた顔をして、青い瞳を哀しげに揺らして、それでも「莠が決めたことなら」と言ったのだ。

不満なら、あのときに言ったらよかった。あのときに納得できないと言ってくれていたら……と考えて、だったら結末は変わっていたのか？　と自身に問い返す。

否。自分はなんとしてでも別れようとしたはずだ。

自己犠牲なんて殊勝な気持ちではない。自分自身が怖くなって逃げ出した。それだけのことだ。

大学の入学式の日、都内の桜は満開だった。

桜の開花予報が年々早まるばかりだった関東を襲ったこの冬の寒波は、長く尾を引き、桜前線の到来を例年になく遅らせ、これ以上ないタイミングで満開を迎えたのだ。

同じ高校から進学した何人かと一緒に入学式に出席し、講堂から出てきたところをサークルの勧誘の声に迎えられる。

さっそく女子学生の値踏みをはじめた同級生たちをその場に残し、お祭り騒ぎのキャンパスに蒡はひとり背を向けた。

目標を持って入学した大学だ。それを果たすために、勉強漬けの学生生活を送る覚悟を決めて進学している。だから、サークル活動やコンパなどに時間を費やす余裕はない。勉強以外の時間はすべて、アルバイトにあてるつもりだ。

在学中に司法試験をパスし、さらに国家公務員一種試験をクリアして、警察官僚になる。それが、蒡が思い描く将来だった。

敬愛する父の背を追い越すことこそが親孝行。父とは違う場所から、警察組織を見てみたい。高校に入ったころから蒡はそんなことを考えはじめ、その足がかりとして、法学部への進学を希望したのだ。

ハードな四年間になるだろうことは想像にかたくない。それでも、明日からの毎日が楽しみで楽しみでしかたない。

自然と軽くなる足取りにまかせて、門までの道を辿りながら、そうだ、レオンハルトにメールを入れておこう！　と思い立ち、携帯端末を取り出す。

レオンハルトのアドレスを呼び出そうとしたときだった。

着信を知らせる振動と、ディスプレイに表示される名。

登録してはいても、海を越えた向こうにいる人間のナンバーだ、使ったことはなかった。そのナンバーからの着信を知らせる表示に、訝《いぶか》りながらも通話ボタンを押す。巡らせた視線の先に、同じく携帯端末を手にする長身を見た。

「……」

莠の視線が自分を捉えたことを確認して、長身のシルエットの主は携帯端末を持つ手を下ろした。

ゆったりとしたストライドで歩み寄ってきて、莠の前に立つ。日本人男性の平均身長を充分にクリアしている莠にとって、見上げる角度は慣れないものだった。

「……レオン……」

ふわふわ綿飴のように甘そうで可愛らしい少年の面影はもはやどこにもない。パソコンのディスプレイに映るのともまったく違って見える、豪奢な美貌がそこにあった。

「どうして……」

日本に来るなんて、ひと言も聞いていない。

自分の入学祝いに？　と考えて、しかしレオンハルトの瞳が訴えるものから、その程度の理由では

ないことを感じ取った。

「久しぶり！」と、ハグとキスで出迎えることもできたはずなのに、どうしてか軽い反応がとれなくて、袴はただ呆然《ぼうぜん》と長身の美丈夫を見やる。

「ようやく自立できたからね」

「……え？」

自立？　と訊き返す前に、遠い記憶を呼び覚ます言葉が告げられた。

「約束どおり、迎えにきたよ」

「……約束……」

幼い日、袴が家族とともに日本に帰国するとき、レオンハルトと交わした約束。大人になったら迎えに行く、と……。

「レオン……？」

それはどういう意味？　と、問う言葉が声にならないのは、察してしまったからだった。

伸ばされた手が、袴の手を取る。

「レオン？」

今度は、どこへ連れて行くのか？　と尋ねる意味で呼びかける。連れ出された先に、車が停《と》められていた。

ドライバーズシートに運転手の姿がない。そもそもリムジンではなく、スポーツセダンだ。レオンハルトにとっては、運転手とボディガードをつれての外出が基本だろうに……。

助手席に乗せられて、走った距離はさほどではなかった。ついた場所は瀟洒《しょうしゃ》なマンション。高層マンションではなく、あふれる緑を身近に感じられるつくりの、戸数のさほど多くない物件だった。空間が贅沢に使われ、都心の立地ながら、郊外暮らしの雰囲気を楽しめる。

広い芝生と木立を縫う遊歩道は、昔レオンハルトとよく遊んだ、領事館の庭を思い起こさせる。犬を散歩させたりベンチで本を読んだり……住人の憩いの場、交流の場となることを考えて設けられているのだろう。

直通エレベーターで辿り着いたのは、最上階の角部屋。自然光をたっぷりと取り込む大きな窓と広いテラスが印象的な、シンプルな部屋だった。

最初に目に飛び込んできたのは、テーブルに飾られた百本はあろうかという、大きな薔薇《ばら》の花束だった。

そして、部屋中に薔薇の甘い芳香が満ちていることに気づく。

「これ……」

充分にファミリー対応の間取りが可能な広さがありながら、単身もしくはカップルで住むことを前提につくられている部屋は間仕切りが少なく、広いリビングの奥には、ベッドルーム。扉が開けられていて、キングサイズのベッドの上にも薔薇の花束が置かれているのが見えた。

それに気づいた途端、蒡はくるりと背を向けていた。だが、一歩を踏み出す前に、二の腕を摑んで引き留められる。

「蒡？」

「……帰るよ」

心臓が煩《うるさ》く鳴っていた。

ひどく動揺していて、思考がまとまらない。

「どうして？」

「どうして…って……」

それこそどうして、そんなことを訊かれなければならないのだろう。

こんな唐突にありえないことをしているのはレオンハルトのほうなのに。

いきなり来て、こんな場所につれてきて。

真っ赤な薔薇の花束なんか用意して、ベッドルームにはキングサイズの大きなベッドひとつしかなくて。

「蒡は、本気じゃなかった？」

二の腕を摑む手に、ぐっと力がこもる。

「本気もなにも、あんな子どもの約束……」

言いかけた言葉を途中で飲み込んだ。

そして、額を抱えて、ひとつ大きな息を吐き出す。

「だって……嘘だろう、こんなの……」

なにも言わないから、レオンハルトこそ忘れてしまったのだと思っていた。

いくつになったら大人なのだろうとか、考える自分がおかしいのかと、密《ひそ》かに悩んだりもした。

「会いたい」と言うものの、自分が思うほどに、レオンハルトは自分に会いたいと思っていないに違いないと、悔しい思いにとらわれた時期もあった。

だから、突然「迎えにきた」と言われても、思考がついていかない。

なにより、あれは、あの約束は、子どもだからこそ許される、他愛ない冗談ではないか。この歳《とし》になったら、もう笑い話ではすまされない。

煩く鳴る心臓を押さえて、蒡はじりっとあとずさった。そして、再び背を向けた。

「蒡!?」

後ろから二の腕をとられて、慌ててそれを振り払う。

自分には、無理だ。

「無理だよ」

嫌だとか、バカバカしいとか、否定の感情は湧いてこなかった。それでも、無理だと思った。

唐突に眼前に突きつけられたものに、恍惚《こうこつ》以上に恐怖を覚えたのだ。

「ごめんっ」

青い瞳が哀しげに揺れるのを見たくなくて、レオンハルトの顔も見ずはき捨てて、部屋を飛び出した。

何を思って突然過去の約束などを持ち出したのかはわからなかったが、レオンハルトにはレオンハルトの生活がある。紳士として育てられた彼が、無理強いなどの無茶《むちゃ》はしないだろう。諦《あきら》めて、すぐに帰るはずだ。

そんな自分の判断が甘かったことを、痛感させられたのは翌日のこと。

「おはよう」

大学で行われるオリエンテーション。蒡の隣に腰を下ろしたのは、レオンハルトだった。

「どうして……」

「クラスメイトだから」

そうして、レオンハルトが日本にいる理由が、蒡を迎えに来ただけではないことを知らされた。彼は蒡と日本で暮らすために、日本の大学へ進学したのだ。

蒡は驚きに目を瞠《みは》った。

──僕のために……？

自分の傍にいたいがために、日本の大学を受けたというのか？

またひとつ、トクリと胸が鳴って、蒡はレオンハルトの青い瞳から逃げるように手元に視線を落とした。

頰が熱くて、顔が上げられない。

オリエンテーションがはじまっても、何も耳に入らない。

隣から伸びてきた手が、莠の手を握った。

小声で諫めても、レオンハルトは聞かない。

「……っ、レオン……っ」

長い指で、莠の指をなぞるように撫《な》でて、それから取り上げた手の指先に軽く唇を触れさせる。驚いて手を引こうとしても許されず、長い指が絡められた。

レオンハルトは、周囲の目など、まるで気にしなかった。莠が振り払っても、振り払っても、まったく凝りる様子を見せず、常に隣に寄りそった。

青い瞳の求愛を、はねのけつづけることなど、土台無理だった。

どれほど常識だの倫理だのを持ち出しても、心は違うことを訴える。歓喜にときめく鼓動を押さえつづけるのは、容易なことではなかった。

それでも、一歩を踏み出すのには、勇気がいった。

入学式の日、レオンハルトのマンションに連れて行かれたあのときに、受け入れてしまっていたら、もっと簡単だったかもしれない。

けれど莠は、一歩を踏みとどまってしまった。いったん止めた足を、再度踏み出すのには、それ以上の勇気がいる。

レオンハルトには、莠の戸惑いが伝わっていたのだろうか。そもそもすべてお見通しで、莠の心の解《ほぐ》れる時期をうかがっていたのかもしれない。

「ドライヴに行こう」と、レオンハルトが誘ってきたのは、五月の連休だった。

レオンハルトの求愛をはねのけながらも、入学からのひと月あまり、蒡は彼と過ごす時間を楽しんでいた。並んで講義を受け、一緒にランチをとり、図書館で勉強をして、ときにはレオンハルトの東京観光にも付き合う。

買い物に行ったり、映画を見たり、ほとんどデートのようだと思いながらも、幼馴染と出かけているだけであって、デートとは違うと、自分に半ば無理やり言い聞かせてみたりもした。

そんな日常が形作られつつあったころの誘い。そこに意図を感じないかといえば嘘になるけれど、蒡はあえてそれに触れなかった。

どこにいくつもりなのかは知らないが、混んでいるときに混んでいる場所に出向かなくても…と言う蒡に、観光地とは外れた場所だから大丈夫だと言って、レオンハルトは勝手に旅行の予定を立ててしまった。

蒡は、何がしかの予感を持って、その誘いを受けた。

ひと月あまりの間、レオンハルトと過ごす時間のなかに、ほかにはかえがたいものを感じ取っていたからかもしれない。

幼い日の約束はもちろん、蒡のなかで温かな感情が育っていたのは、間違いなかった。それを認めるきっかけを、欲していただけだったのかもしれない。

レオンハルトがステアリングを握って出かけたのは、関東圏のはずれの山間だった。リゾート地でも避暑地でもなく、まだ未開発の山間には、小さな村がぽつんぽつんとあるだけで、あとはただただ美しい自然しかない。

水源を有する山は四季色とりどりの情景を見せるのだろう、このときは新緑に輝いていた。

その一角に、わずかに開けた場所があって、日本の古民家を模した別荘が建っていた。いや、模したのではなく、移築した上でリフォームし、年月の刻まれた建材を活《い》かしながらも、和モダンテイストに仕上げられた、内装はまだ新しい。

広い庭にはハーブガーデン、すぐ隣にテニスコートとプール。馬場もあるが、厩舎《きゅうしゃ》に馬の姿はないようだった。

天然の温泉が湧き出る浴場は、まるで温泉宿のように広く、莠は「旅館？」と訊いてしまったほど。だが、女将《おかみ》の姿も仲居の姿もない。

「別荘だよ」

レオンハルトが、小さく笑いながら答えた。

「へえ……」

ヴェルナー家の持ち物なのだろうか…と、高い天井を見上げていたら、ふいに近い場所から名を呼ばれた。

「莠」

後ろから腕を引かれて、背中から広い胸にとらわれる。

「レオン……、……っ」

眦に温かいものがふれた。それに気を取られた隙に、次いで唇に。驚きと同時に、予感が現実のものとなった恍惚が、莠の身体の芯《しん》を貫いた。

淡く触れるだけのキスが、幼い日の出会いを思い起こさせる。

よくよく考えればませた子どもだった。初対面でいきなりキスをして、プロポーズまで。

思わず目を見開いて、背後を振り仰ぐ。すぐ間近に、端整な美貌があった。

あの日と変わらない綺麗な青い瞳と、美味しそうな金髪。

莠の心の強張《こわば》りが、スー…ッと溶け落ちていく。

手をのばして、緩くスタイリングされた髪を、くしゃっとかき乱した。

「……？　莠？」

驚いたレオンハルトが、青い瞳を丸くする。

髪が乱されると、途端に幼い日のふわふわ綿飴のイメージが蘇る。莠のなかで渦巻いていた軽い動揺が、ふいに収束した。

「レオン……」

そして、ふいに込み上げる笑い。

「可愛いな。綿菓子みたいだ」

表情が消えると傲慢《ごうまん》にも見える整いすぎた相貌も、豊かな感情が露《あら》わにされるとき、少年っぽさをうかがわせる。

もはや久しく聞いていなかったろう形容詞に目を丸めていたレオンハルトが、その口元に悪戯《いたずら》な笑みを浮かべた。

「そう言ってきみは、僕に噛みついたんだ」

「髪を引っ張っただけだ。美味しそうに見えたから」

甘そうに見えたのに甘くなくて、だから苛立って、取っ組み合いの喧嘩になった初対面の日の思い出。

ふたり同時に、クスリと笑みを零していた。今この瞬間、同じ思い出を共有しているのだと思ったら、なぜか唐突に心臓が早鐘を打ちはじめた。間近に感じるレオンハルトの鼓動も早い。

抱きしめる腕の力が強められた。

ごく自然に、唇を重ねていた。

そして、ずっとこうしたいと思っていた事実に気づかされた。

「……んっ」

触れて離れただけの先のキスとはまるで違う、触れた瞬間にはもっと深くと求める気持ちが湧いて、自ら腕をのばしていた。

逞しい首に腕をからめて、貪《むさぼ》るキスに夢中になる。

幼い日の思い出を初恋と認め、長い時間をかけて開花した情熱は、筆舌しがたい衝動をともなって、瞬く間にふたりを包み込んだ。

口づけを解いても、離れられなくて、額をすり寄せ、息を整えて、また口づける。

身体の芯が痺《しび》れる感覚が四肢を鈍らせ、膝から力が抜けかかったとき、ふわり…と身体が浮いた。

「……っ！　レオン⁉」

条件反射でしがみつくと、唇で甘ったるいリップ音が立つ。思わず目を見開いた、すぐ間近に、情熱をたたえた碧眼があった。

リビングとつづきのベッドルームに連れられる。キングサイズのベッドにそっと下ろされた。手をついたら、ガサリと紙の擦れる音。ベッドの真ん中で、真っ赤な薔薇の花束が、青い匂いを立てた。

入学式の日の、突然の再会を思い出す。あの日をやり直そうというのかもしれない。

「薔薇……」

赤い薔薇の花言葉は、世界共通らしい。

レオンハルトがその花束を取り上げて、莠の手に握らせる。甘く濃い香りを肺いっぱいに吸い込んで、莠は口許を綻ばせた。

「ベタだな」

入学式の日にも、そう思ったのだ。だからこそ、動揺が大きかった。でも今は、陶然としている。

「気に入らない？」

「いや……」

少し考えて、秀は深紅の花弁をむしり、シーツにまいた。途端、淫靡《いんび》な雰囲気になる。大きな窓からは、明るい陽光が射し込んでいるというのに。

「こういうの、映画で見た」

何がおかしいのかもわからぬままにクスクス笑うと、レオンハルトは「ロマンティックだね」と碧眼を細める。そして、残りの花弁をむしる秀の肩を、軽く押した。

広いベッドに、花束を投げ出した。薔薇の芳香が強くなる。

そのまま背後に倒れてようやく、自分の無防備さに気づいた。

もう遅いというように、レオンハルトがおおいかぶさってくる。いまひとたびの口づけ。

流されたともいえるし、長い年月をかけて育った感情がこのタイミングで芽吹いたともいえる、紛れもない恋のはじまりだった。

異性との恋愛経験がないわけではない。中学高校時代、そうするのがあたりまえだと思っていたのもあって、請われれば付き合い、なのにいつもふられるのは自分で、長つづきした試しがないために、経験豊富とは言いがたいものの、何も知らないわけではない。

だから、自分が組み伏されることへの違和感とか、恐怖とか、感じないわけではなかったけれど、それ以上に恍惚が勝った。

性別の問題ではないと、わかっていたからだ。

レオンハルトだけが特別であって、こんなこと、ほかの誰にも許せるわけがない。長い時間をかけて熟成された想いだからこそ、弾けた瞬間に、すんなりと受け入れてしまえたのだ。

そして同時に、誰とも長つづきしなかった理由を察した。ずっと心の中心にレオンハルトがいたのだ。ほかの誰でも、代わりになどならない。

「レオン……、……んんっ！」

情熱的な口づけに蕩《とろ》かされながら、素肌で触れ合いたいという本能に急《せ》かされるまま、互いの着衣に手を伸ばす。皺になるのも、ボタンが飛ぶのも厭《いと》わず、乱暴に剝《は》ぎ合った。

露わになった素肌に、レオンハルトが唇を落としてくる。

最初に、胸の中心に恭しくキスを落とされて、それだけで身体中の力が抜けてしまった。肌をくすぐる金の髪を掻《か》き抱き、やわらかな感触にキスをする。

綿飴のように、甘く感じた。どうしてだろう、幼い日には、甘くなくて、泣いたのに。

「甘い？」

莠の悪戯な手を軽くいなしながら、レオンハルトが愉快そうに訊く。幼い日、初対面の相手にいきなり髪の毛に嚙みつかれた経験は、レオンハルトにとっても強烈な思い出になっているようだ。

「甘いよ、すごく……」

今は、甘く感じる…と、返すと、レオンハルトは「きみも、甘い」と、存在を主張しはじめた胸の尖《とが》りに舌を這《は》わせながら小さく笑った。

「……んっ」

未知の感覚に背を震わせ、甘く喉を鳴らす。自分の内にこんな感覚が眠っていたなんて…と、恐怖以上に好奇心に駆られて、莠は金髪を弄《もてあそ》んでいた手を、のしかかる広い背に滑らせた。

羽根のような愛撫《あいぶ》を振らせながら、レオンハルトは的確に莠の肉体を高めていく。

肌の上に余すところなく降らされる愛撫と、嬲《なぶ》る手。そのどれもが、幼い日の記憶にある可愛らしい幼馴染とは繋がらない。

やさしい思い出のなかの少年が、ひとりの男であることを、じわじわと己の身体で感じ取る。

その手管に嫉妬《しっと》を覚えたのも束《つか》の間《ま》、それを察したかのように局部に直《じか》に触れられて、莠は細い腰を跳ねさせた。

「や……ぁっ」

大きな手に包み込まれ、繊細な指にしごかれて、それだけで果ててしまいそうになる。さらには、隙をつくように口腔《こうこう》に囚われて、思わず悲鳴が迸《ほとばし》った。

「ひ……っ、あ……ぁっ！」

熱い舌が絡みつく淫靡さに、肌が震え、白い喉が仰《の》け反《ぞ》る。

執拗《しつよう》に絡む舌に追い上げられ、焦《じ》らされて、甘い声を上げ、また嬲られる。

「も……ダメ、だ……」

放してくれるように訴えても、無視される。手を伸ばせば、やんわりと払われるのではなく、指を絡めて握られ、淡い抵抗を奪われる。そのまま強く追い上げられた。

「は……あっ！　……っ」

四肢を痙攣《けいれん》させて、レオンハルトの口中に情欲を放ってしまう。頭の芯が痺れるような快感が全身を満たして、莠は濡れた吐息に白い胸を喘《あえ》がせた。

顔じゅうに降る淡いキス。情欲に潤む碧眼を見上げて、自分も…と手を伸ばすと、その手の甲に触れる唇。それから、掌へのキス。

奉仕への欲求は先送りにされて、かわりにさらに奥へと手を伸ばされる。

口づけであやしながら、莠の意識を逸《そ》らしながら、長く綺麗な指がその場所を解《ほぐ》しはじめる。レオンハルトにそんなことをさせたくなくて、身体を捩《よじ》ろうとするものの許されず、ささやかな抵抗を阻むかに、内部を探る指に感じる場所を探しあてられた。

「あ……あっ、や……っ」

直截的《ちょくせつてき》な快感が肉体を戦慄《わなな》かせる。あふれる声が止められない。さきほど放ったばかりのはずなのに、欲望がまたも頭を擡《もた》げ、厭《いや》らしい蜜を滴らせはじめる。

その場所に悪戯に舌を這わせ、焦らすように意地悪い快感を送り込む。内部を探る指の動きは大胆になるものの、慣れない肉体は容易にゆるまない。

「……っ！　なにを……っ」

膝を割られ、白い太腿《ふともも》を大きく開かれて、莠は驚いて上体を起こした。だがすぐに、シーツに沈み込むはめになる。

「や…だ、ダメ……だ、そんな…こと……っ」

卑猥《ひわい》に曝された後孔の入り口を、熱く滑ったものが舐《ねぶ》る。

舌先を差し入れられ、浅い場所を嬲るように舐られて、指にいじられるのともまるで違う感覚に、莠は啜《すす》り啼《な》いた。

「は……ぁっ、ふ……っ」

身体の中心から蕩けてしまいそうだった。

前をいじられ、後ろを舌と指に嬲られて、あえかな声を上げる。恥ずかしいと、感じる余裕もないほどに、莠ははじめて知る快楽に翻弄《ほんろう》された。

だが、ふいに放りだされて、戸惑いに長い睫毛を揺らす。涙の溜まったそれは、重たげに瞬いた。

「いいね」と、確認のキス。

陶然と見上げていたら、腰を抱えられ、狭間《はざま》にあてがわれる熱塊。

情欲に揺らめく青い瞳の中心に、自分がいる。熱っぽい視線に囚われ、すべてを投げ渡した。

「ひ……っ！　あ……ぁっ、……っ！」

ズ…ッと、脳天まで突き抜ける衝撃。痛みを痛みと認識できないほどのそれが、悲鳴を迸らせる。

どれほど時間をかけたところで、その機能を持たない肉体は、はじめての質量に悲鳴を上げ、莠に苦痛をもたらした。

「や……ぁっ、痛……っ」

跳ねる肢体を包み込む腕の力強さと、涙を掬い取る口づけの温かさとが、かろうじて莠の意識を繋ぎとめる。

「莠、目をあけて」

こちらを見てと、甘い声が間近に請う。

ぎゅっと瞑《つぶ》っていた瞼をようやく上げると、すぐ間近に端整な面があった。

「愛しているよ」

だから、受け入れてほしいと、余裕があるかに見せてその実、切迫した懇願。ドクリ…と、心臓が高い音を立てて鳴った。

腕を伸ばして、広い背にひしっとしがみつく。穿《うが》つ熱が、一気に最奥《さいおう》までを貫いた。

「ひ……っ！」

苦痛に震える白い喉に、レオンハルトが食らいつく。咬《か》み痕《あと》を残し、濃い情痕《じょうこん》を刻んで、莠の深い場所に所有の証を刻みつけるかのように、内部を抉《えぐ》り、さらに強く腰を突き入れてきた。

「あ……ぁっ、……んんっ！」

本能に突き動かされるまま、穿つ動きに合わせて身体を拓《ひら》き、痛みの向こうから喜悦を手繰り寄せる。

「ん…ぁっ、あぁ……っ！」

自分の声も甘ければ、間近に聞こえる荒い呼吸も甘さを孕んで、それ以上に淫靡だった。

ふたりの呼吸が重なって、揺さぶる動きが荒々しさを増す。もはや痛みなのか快楽なのかの区別がつかないほど激しく穿たれて、菁は奔放な声を迸らせた。

揺れる視界に豪奢な美貌を捉え、手を伸ばす。

貪るキスに興じながら、未知の頂へと追い上げられる。

「――……っ！　ひ……ぁっ、……っ！」

数度の痙攣と、弛緩《しかん》。

同時に、最奥で熱いものが弾けるのを感じた。

頭上から降る小さな呻《うめ》き。

戦慄く肉体。

「は……ぁっ、……っ」

長く引きずる余韻に震える肢体を、レオンハルトがぎゅっと抱きしめる。そして、腕のなかの存在をたしかめるように、菁の身体のラインをなぞるように、汗の浮いた肌に手を這わせてきた。

「……んっ、やめ……」

悪戯な指が、敏感になった胸の尖りをいじる。

力の入らぬ腕で肩を押しやろうとすると、抱き合った恰好のまま身体を入れ変えられ、レオンハルトの腰を跨《また》ぐように広い胸に引き上げられてしまった。

「レオン……、ん…ふっ」

首筋に、鎖骨に、耳朶《じだ》に、じゃれつくキス。

狭間を探る欲望はすでに力を取り戻していて、蒡の爛《ただ》れた入り口を捕らえている。

「レオン……、待……」

少し休ませてほしいと、小さな抵抗を見せると、レオンハルトは蒡の首筋に鼻先を埋《うず》め、身体に腕をまわした。逃がさないと、甘い拘束。そして、耳朶に意外な言葉を落とした。

「流されたと、思ってる？」

蒡はゆるり…と目を見開いて、間近にある碧眼を見下ろす。意思の強さと傲慢さの奥に、消しきれない不安が見え隠れするのを見て、蒡はふっと口許をゆるめた。

「なんで流されたんだろうって、考えてる」

流されたわけではないけれど、つい意地悪く返していた。

そう言う唇を、下から軽く啄《ついば》まれる。

咎《とが》められたのではないと、わかっていた。

「答えは出そう？」

訊かれた蒡は、ベッドの上で、ふたりの下敷きになってすでにひどい有り様になってしまった薔薇の花弁を一枚摘《つま》み上げ、レオンハルトの口許に運んだ。

真っ赤な薔薇の花言葉は「情熱」「愛情」「熱烈な恋」。

日本はもちろん、レオンハルトの母国においても、深紅の薔薇の持つ意味は普遍だ。

「陳腐だけど、ほかの答えが見つからない」

相手の性別を間違えてプロポーズするような子どもと、それに怒ってプロポーズし返すような子どもの十数年後だ。何があってもおかしくはない。そんなことを思ったら、妙に可笑しかった。

初恋は実らないというのに……と、莠が呟くと、レオンが「初恋じゃないのかもしれない」と返してくる。

唇を触れ合わせながらその意味を問うと、レオンハルトは、青い瞳に悪戯な色を滲ませて、気障も極まるセリフを口にした。

「二度目の恋に堕《お》ちたのかも」

ここは笑うところだろうかと、真剣に考えたものの、見上げる青い瞳に浮かぶ情熱が、莠の口を閉じさせた。

「……バカ」

こちらのほうが照れくさくなって、毒づく言葉とともに、またもキス。

肉欲に流されただけだろうと、単なる好奇心だろうと、そんなものはどうでもよかった。

幼い日の初恋を成就させたのだとしても、再会の瞬間に恋に堕ちていたのだとしても、恋であることにかわりはない。

しかたないではないか。抱き合う肌と肌がしっくりと馴染むのだから。それ以上に、饒舌《じょうぜつ》なものなどない。

ほかの誰とでも、こんな感覚を味わったことはなかった。

幼い出会いの日、自分たちは幼さゆえの本能で、番《つが》う相手を見定めたのかもしれない。

倫理の意味も知らない子どもだったからこそ、性別や立場といったものに囚われることなく、純粋にそれを見極めたのだ。

「一緒に暮らそう」

最初に莠を招待したあの部屋で、一緒に暮らそうと言う。

そして、ベッドサイドのチェストの上から、小箱を取り上げた。手に握らされたそれを、ある予感とともにそっと開ける。

思ったとおりのものがおさめられていた。

ペアリング……いや、エンゲージリングというべきか。

予想はしていたが、それでも驚きはあった。驚きと、喜びが。

レオンハルトが莠の手を取る。左の薬指をなぞられて、莠はコクリと頷いた。ひやりとした金属が、指の付け根にしっくりと収まる。

リングはもうひとつ残っている。レオンハルトの青い瞳に請われるまま、莠がそれを取り上げ、レオンハルトの左の薬指にそれをおさめた。

そして、キス。

誓いのキスだ。

幼い日の約束が、成就した瞬間だった。

「僕が応じなかったら、どうするつもりだったんだ？」

自分が受け入れなかったら、どうするつもりだったのかと問う。レオンハルトは、碧眼をきょとり……と見開いた。まるで小さな少年に戻ったかのような表情だ。

「……考えたこともなかった」

今度は莠が目を丸くする番だった。

一度は断ったはずなのに……やはり、レオンハルトには、莠が戸惑っているだけだと、バレていたらしい。

見つめ合って、そしてクスリと笑みを零す。零れる笑いの合間にじゃれ合うキスを交わして、そしてまた、昂《たかぶ》る欲望に身を任せる。

二度目は、一度目よりもゆっくりと、けれど互いの肉体の隅々まで探り合うように抱き合った。

若さゆえの好奇心と羞恥の狭間を漂いながら、求められるままに身体を拓き、恥ずかしい言葉も口にする。

途中で意識を飛ばして、気づいたら、浴室に運ばれたあとだった。

大人がふたりゆったりと浸《つ》かれる広さの檜《ひのき》の浴槽のなか、レオンハルトの腕に抱かれた恰好で、とうとうと流れる湯に浸かっていた。

あまりの甘ったるさに、耐えがたい羞恥を感じながらも、身体にまわされた腕を払うことができない。

口づけて、「逆上《のぼ》せる」と言いながらも、互いの身体に手を伸ばした。

湯のなかで、レオンハルトの腰を跨ぐ恰好で、下からあてがわれる熱塊に、自ら腰を落とし、受け入れた。

「は……ぁっ、あ…んっ」

波立つ湯音にも淫靡さが混じる。胸の突起を舐られ、もっと強くとねだるように、金の頭を両腕に掻き抱く。

バスルームに反響する声の淫猥さがまた欲情を煽《あお》りたてて、行為は激しさを増していく。

「は……ぁっ！　……あぁっ！」

「莠……っ」

半ば意識を飛ばしてくずおれる肢体を、レオンハルトの腕がしっかりと抱きとめてくれた。

バスタオルにくるまれてベッドルームに運ばれ、素肌のまま身を寄せ合う。女のように広い胸に頬を寄せて眠る体勢に、困惑以上に安堵《あんど》と恍惚が勝った。

疲れ果てて眠っても、目がさめれば、また欲しくなる。

情欲に浮かされて、ふたりは愛し合う行為に溺れた。そうして、欲情の根源にあるものが、たしかに揺るぎない愛情であることを確認した。

指にはめたリングは、日常生活ではネックレスとしてふたりの首元を飾ることになった。

周囲にばれるのが嫌なのかなどと、レオンハルトは言わなかった。想いを確認し合ったあとの彼には充分に常識があったし、それは蒡も同じだった。

周囲に秘めた関係は、よりふたりの絆《きずな》を強め、愛情を深いものにした。

ほかには何もいらないと思うほどに、互いが世界のすべてだった。

不安がなかったとは言わない。精神状態が不安定になって、それが原因で喧嘩をすることもあった。

それでも、愛《いと》しさが増しこそすれ、離れようとは思わなかった。

四年間は、まさしく蜜月だった。

幼い日の別れから大学入学までの間、いくらか疎遠になっていたのは、常にレオンハルトの存在が傍らにない寂しさを自覚したくないがために働いた防衛本能だったのではないかと考えてしまうほどに、寄りそって在ることが自然だった。

何度「愛している」と言ったのか。何度口づけて、何度抱き合ったのか。

キスとハグが習慣化しても、ときめきは消えなかったし、倦怠期《けんたいき》など訪れようもなかった。

周囲には、もしかしたら疑念をもつ人間もいたのかもしれない。レオンハルトはもちろん蒡も、異性からの誘いは多かったものの、まったく興味を示さなかったから。

それでも、あえて口にする者はいなかったし、バレていようがいまいが、何がしかの問題が起きない限り、ふたりの仲を阻むものではないと考えていた。

日本国内のあちこちへ旅行にも行ったし、海外にも行った。思い出の地である、かの領事館を訪ねたこともあった。

だが、レオンハルトが母国に帰省したことは、一度としてなかった。親が顔を見たがっているのではないかと蒡が心配しても、いろいろ面倒だからと笑って、取り合おうとしなかった。

蒡の記憶のなかのレオンハルトの両親は、同じ金色の髪をした綺麗な母親と紳士的な父親で、蒡にプロポーズをしたレオンハルトを微笑ましく見ていた、やさしい人たちだった。

けれど、家という言葉は、親だけを指すのではない。

とくにヴェルナー家には、家柄という問題がつきまとう。制度としては廃止され、称号の使用が禁止されて久しいとはいえ、貴族の肩書はいまだもって社会的に意味を持っている。

そんな家柄の嫡男が、極東の島国の大学に進学したことに対して、もしかして親族間で問題が生じていたのかもしれないと懸念を覚え、尋ねたこともあったが、レオンはそれを否定した。そして「自由を満喫したいだけだよ」と笑った。

離れていた間、手紙やメール等で、レオンが家や自分の置かれた立場に対しての不平不満を零すのを聞いた記憶はない。他愛ない愚痴を零すことはあっても、それ以上ではなかった。

総領事夫妻を通じて、たまたま知り合う機会を持てただけで、そうでもなければ、一公務員の子と名家の嫡子との間に接点などない。

子どものころは、気にかけたこともなかった。けれど、大人になるにつけ、避けては通れない問題として認識するようになる。

それは世間の常識で、菁も不安を覚えないわけではなかったけれど、当の本人がまるで取り合わなかったこともあって、言うほど真剣に悩んだりすることもなかった。

大学在学中に菁は司法試験に受かり、けれど弁護士や裁判官になるのではなく、さらなる目標として国家公務員一種試験を定めた。志望は警察庁。警察官の職に誇りを持って勤める父の背が、菁の将来設計に大きな影響を与えていた。

一方のレオンハルトは、ヴェルナー家の事業とは別に、大学入学当初から投資の世界に傾倒し、実家に頼らない資金力をもって、在学中にすでにいくつかの事業を興していた。

法律家として経済分野を極めれば、いずれレオンハルトの役に立てるとも考えたが、オンもオフもすべて寄りそって生きるよりは、おのおの世界も持つほうが刺激的ではないかと、菁の迷いを察したように助言をくれたのはレオンハルトのほうだった。

寄りそい合いながらも、頼り合うのではなく、おのおの足でしっかりと立つ。そうして誰に迷惑をかけるわけでもなければ、世間に公言できない関係だろうとも、後ろめたく思うこともない。ずっと一緒にいられると、学生なりに真剣に考えていた。

けれどそれは、結局のところ学生の気楽さでしかなく、しかしそのときの菁には、それが理解できていなかった。

蒡が、世間はそんなに甘いものではないと、ようやく理解したのは、卒業が迫った時期になってからのこと。

ヴェルナー家の当主であるレオンハルトの父が病気療養を理由に総帥職を退くことになり、レオンハルトに後継の白羽の矢が立ったのがきっかけだった。

いずれは当主の座も総帥の座もレオンハルトのものになるのだろうと、蒡も漠然と理解してはいたものの、もっとずっと先の話だと思っていたのもあって、実感はなかった。

ヴェルナー本家の屋敷もだが、グループの中枢も本国ドイツにある。レオンハルトが家督を継ぐことになれば、帰国せざるをえなくなる。

「お父さんの容体は？」

「今日明日どうこうってものじゃないよ。長期の療養が必要になるらしくて、引退しようって気になったらしい」

当主の座はともかく、事業にかかわる役職は、病気治療をしながらつづけるのは難しいという判断をくだしたのだろうということだった。

「じゃあ……」

「僕は帰らないよ。卒業後も蒡と日本で暮らすつもりだ」

レオンハルトは軽く言うが、それがどれほど重大な決断か、わからないほうがおかしい。いや、今まで考えなかったことのほうが、能天気としか言いようがない。

蒡ははじめて、自分たちの恋が長くつづくものではないことを知った。

世間がなんと言おうと関係ない。自分たちは愛し合っているのだと、毅然《きぜん》と己を貫くこともできないわけではないけれど、でもそれには、大きな犠牲がつきまとう。

一度そんなことを考えはじめたら、どんどん深みにはまって、蒡はいつしか後ろめたさに囚われるようになっていた。この四年間、疑うことなく享受してきた蜜月に、はじめて疑問を抱いたのだ。

だが、蒡が思い悩む一方で、レオンハルトは何も変わらなかった。

「蒡？」

「……え？」

「今晩は特大オムレツかい？」

「……は？」

考えに耽《ふけ》りながらキッチンに立っていた蒡は、いつの間にか一パックの卵全部を、ボウルに割り入れてしまっていた。

蒡の啞然とした顔を見て、レオンハルトがクスリと笑う。

「らしくないな、どうしたの？」

疲れているのならかわろうと、エプロンに包まれた蒡の腰に腕をまわしてシンクから引き離す。頰に軽くキスをして、スパニッシュオムレツをつくるために出してあった色鮮やかなパプリカを手にとった。

「半分オムレツ、半分は焼きプリンにしよう」

「ごめん、やるよ……」

今晩は自分が当番だし…と包丁を手にしようとすると、「じゃあ、一緒にやろう」と、ジャガイモとピーラーを渡される。極力刃物を遠ざけようとする過保護ぶりに、蒡はほっくりと胸の奥が温かくなるのを感じた。

些細《ささい》な日常の積み重ねに、愛しさを感じる。ともにすごす時間を重ねれば重ねるほど、なんでもないことが、愛しさの根源なのだと思い知る。

ジャガイモとピーラーを放り出して、蒡はレオンハルトの首に腕をまわした。少し驚いた顔をしたものの、ニンマリと笑って、「誘ってる?」と返してくる。

「キッチンでエプロン姿で……いけない奥さんだね」

クスクスと愉快そうに笑う唇に嚙みつくと、「怒ったの?」と、宥《なだ》めるように口づけが返された。

背徳感に背を押されるままにキッチンで抱き合って、それからベッドルームに移動して、また抱き合った。

情欲に溺れていられる間はいいが、熱が冷めればまた、この甘い生活がつづけられるものなのかと不安に駆られる。

そんな蒡の焦燥をよそに、レオンハルトは、まだ先の予定を口にする。

「蒡、卒業旅行はどこに行こうか? 就職したら、しばらくは休みがとりにくくなるだろう? せっかくだから、少し長めに日程をとって……そうだな、クルージングもいいな」

豪華客船で、誰に邪魔されることなく優雅な時間をすごすのも悪くないと、胸元に抱き込んだ莠の髪を撫でながら言う。

このとき、客室で、星の見えるデッキで、甘い時間をすごすふたりを想像できなかった自分に、莠は驚いた。心のどこかで、そんな時間は訪れないと、思っている証拠だ。

「レオン……」

「ん？　今日は、やけに積極的なんだな」

もっと…とねだる莠に応えながら、レオンハルトが愉快そうに笑う。憎らしい唇をキスで塞《ふさ》いで、この夜は、何度も何度も求めた。何も考えたくなくて、この愛が揺るぎないものであることを全身で感じたくて。

レオンハルトは、莠が満足するまで、半ば意識を飛ばして眠りにつくまで、求めに応じてくれた。何度も何度も「愛している」と口づけて、情熱的に抱いてくれた。

そうして一時は気がまぎれるものの、また何かのきっかけに不安が増幅しはじめる。そんな感情の乱高下を繰り返すようになって、やがて考え込む日が多くなっていった。

決定打となったのは、本国からレオンハルト宛《あて》に送られてきた、日本風に言えば、いわゆる釣り書きの束だった。

そういった連絡もいまどきはメールの一本で済むだろうに、さすがは名家というべきか、封蠟《ふうろう》のほどこされた紋章の擦り込まれた封書は、そういったものを見慣れない日本人の目に、とても重厚に映った。歴史的重みと責任を感じさせる。

蒡に隠すつもりも、かといってあえて言うつもりもなかったのだろう、レオンハルトの自室のデスクに置かれたそれを、蒡が見てしまったのは、本当に偶然だった。レオンハルトの部屋に、辞書を借りに入ったのだ。

ふたりは、寝室は一緒だが、書斎としておのおの部屋を持っていた。ドアに鍵はついていない。互いの部屋に自由に出入りしていいことを、同棲《どうせい》をはじめた当初に確認し合っていた。

だからといって、勝手に引き出しを漁《あさ》ったりしないのは、人として最低限のマナーだ。部屋に入るときも、本人がいれば確認をとるし、不在時に入ったときは、あとからかならず報告をする。ルールとして決めるまでもない、躾《しつけ》の範疇といえる礼儀のうちだ。

そのときも、リビングでコーヒーカップを片手に本を読んでいたレオンハルトにひと言断って、部屋に入った。目的の辞書を書棚から抜きとって、それだけで部屋を出るつもりだった。

その封書が目についてしまったのは、封の切られた封筒から数枚の写真がはみだしていたから。デスクの隅に置かれていたそれを、落ちないようになおそうとして、逆に一枚の写真を落としてしまった。取り上げてみたら美しい令嬢を写したもので、すぐに事情を察したのだ。

「蒡？　みつからないかい？」

書棚から目的のものを探せないでいるのかと、様子を見に来たレオンハルトが、蒡の手にしたものに気づいて、苦笑とともに肩を竦める。

「跡取りをつくれ、ってこと？」

蒡の問いに、レオンハルトは「そうらしいね」と軽い口調で返す。社会に出てもいない息子に何を言うのかと、親の行動に呆れている様子だった。

「気にしなくていいよ、受けるつもりはないから」

「でも……」

これは家同士の話ではないのか？　レオンハルト個人の意思は、果たしてどこまで尊重されるのだろう。

それが許されるのかと、蒡が疑念を見せると、レオンハルトは「嬉しいな」と顔を綻ばせる。

「それ、ヤキモチ？」

蒡が普段、あまりヤキモチをやいたりしないのを、常々不満だと零していたレオンハルトが、認めろと言うように、腰を引き寄せる。蒡は、「違うよっ」と、その手を振り払って、部屋を出た。

ヤキモチではない。それ以上の不安だと、このとき口に出来ていたら、最終的に蒡が出した結論は、違うものになっていたかもしれない。

けれど蒡には、他愛ないヤキモチひとつ、やいて見せることができなかった。このときすでに、レオンハルトの背負うものを茶化《ちゃか》せる精神状態ではなくなっていたのだ。

レオンハルトの目には、蒡が拗《す》ねているように見えたのかもしれない。それほど深刻に、受けとめ

パティシエの秘密推理
お召し上がりは容疑者から
似鳥 鶏
nitadori kei
画・森川聡子
警察は辞めました。
今は、パティシエです。
9月4日
発売
文庫書き下ろし
幻冬舎文庫　680円（本体価格648円）

A5判 偶数月9日発売♥
2013 Nov
11
リンクス
SEXY & STYLISH BOY'S LOVE MAGAZINE LYNX
リンクス10周年記念号!
特別定価78
(本体価格743円
発行／幻冬舎コミッ
発売／幻冬舎
2013年10月9日発
表紙／麻生海
LYNX 10th Anniversary
豪華書き下ろし小冊子
応募者全員サービス実施!!
特集
アニバーサリー
～特別な日を君と～
特別企画!
人気シリーズ大特集
Comic
巻頭カラー新連載! 大槻ミゥ
香坂透 × 原作.篠崎一夜
斑目ヒロ
宝井さき × 原作.桐嶋リッカ
上川きち
霧壬ゆうや
九重シャム
中田アキラ
山野でこ
友江ふみ
鮫沢伐
じゃのめ
瀬納よしき
六路黒
倉橋蝶子
長谷川綾
蜂不二子
いさき李果
Novel
水壬楓子 × Cut.土屋む
かわい有美子 × Cut.高峰
谷崎泉 × Cut.麻生海

LYNX ROMANCE

LYNX ROMANCE Novels

リンクスロマンス

◎一部のイラストと内容は関係ありません。 新書判 定価:855円+税

発売/幻冬舎 発行/幻冬舎コミックス

2013年9月末日発売予定

鎖 ―ハニートラップ―

妃川螢 ill.亜樹良のりかず

警視庁SPとして働く氷上は、国賓の警護につくことになる。その相手、レオンハルトは学生時代に氷上と付き合っていたが、卒業と共に日本を離れることになった彼の将来を考えた末、自分から別れを告げた相手だった。24時間体制でガードをするため、宿泊先に同宿することになった氷上は、未練を残したままの自分に気付き揺れ動く。そんな中、某国の工作員にレオンハルトが襲われ――!?

追憶の雨

高宮東 ill.きたざわ尋子

スクドールのように美しいレインは、人間としての生を終
長い寿命を持つバル・ナシュとして覚醒してから、島で
っそりと暮らしていた。そんなある日、レインのもとに新
いバル・ナシュの情報が届く。それは人間だった頃、レイ
が命を賭けて守った少年・エルナンだった。再会したエル
ンは逞しく成長しており、離れていた分の想いをぶつける
うに、一途に自分に愛情を向けてくるが…。

月神の愛でる花 ～六つ花の咲く都～

朝霞月子 ill.千川夏味

見知らぬ異世界・サークィン皇国へトリップしてしまった純情な高校生の佐保は、若き皇帝・レグレシティスと出会い、紆余曲折を経て、身も心も結ばれる。皇妃として認められ、レグレシティスと共に生きることを選んだ佐保。季節は巡り、初めて王都で本格的な冬を迎える佐保と、二匹の仔獣たちは、降り積もる雪に心躍らせる。嬉々として外へ出た佐保は、そこでとある人物と出会い…!?

LYNX COLLECTION

B6判 定価:619円+税

大好評発売中!

LYNX COLLECTION リンクスコレクション Comics

W・フレッシュデビュー!

三日月にけだもの

牛込トラジ

銀行員の貴智はふと魔が差して万引きをしてしまった。それをチンピラ風の男に目撃され、脅迫まがいの強姦をされてしまうが——!?

なつめ荘の人々

長谷川綾

自宅で学生寮を営む義父・篝と暮らす、高校生の聖。仲良く平穏に暮らしていたが、その想いはいつしか家族以上の好きになっていて!?

COMING SOON 2013年10月24日発売!!

薔薇とブサイク

日高あすま

地味すぎるスペックで周囲に埋没している高校生の森正平。だがある日突然、学園のアイドルで生徒会副会長の高瀬から告白され!?

先輩としたいっ!

仁茂田あい

憧れの先輩・初瀬川を追いかけ全寮制の男子校に入学したみひろ。寮の同室が初瀬川だった上、「憧れ」を「ホモ」と誤解されてしまい…

秋のリンクスフェア 2013年開催中!!

日頃のご愛顧に感謝を込めて、今年の秋は10周年記念スペシャルバージョンの秋フェアを開催♪

買ったその場でGET♥ Special 1

大人気作品の書き下ろし番外編を収録した全3種類のミニ小冊子を、対象商品を1冊お買い上げごとに1冊、その場でプレゼント!（※特典はなくなり次第終了となります）

1

桐嶋リッカ「恋と服従のエトセトラ」
×香坂透　原作：篠崎一夜「お金がないっ」

2
かわい有美子「天使のささやき」
×斑目ヒロ「こいしい悪魔」

3

六青みつみ「忠誠の代償～聖なる絆～」
×陵クミコ「「恋はままならない」

Special 2 応募者全員サービスでGET★

人気作の番外編が目白押し♥　LYNX 10th Anniversary
豪華書き下ろし小冊子を応募者全員サービス!
フェア帯の応募券と、リンクス11月号の応募用紙をセットにして1200円をお振込みの上ご応募ください。（※応募者負担あり、応募の詳細はリンクス11月号でご確認ください）

豪華執筆陣はこちら♪

北沢きょう、香坂透、斑目ヒロ、みろくことこ、
山岸ほくと、和泉桂、久能千明、篠崎一夜、
水壬楓子、六青みつみ…and more♥

フェア開催期間　2013年9月24日(火)～11月中旬予定

★詳細は公式HP、またはリンクス11月号（10/9発売）をCHECK!★

てはいない様子だった。けれど lessons 甥の内では、いよいよ追い詰められ、不安が急激に膨らんでいく。

「僕じゃ、後継ぎは産めないぞ」

「……莠？」

言ったあとで後悔した。

「嫡子にしか爵位が受け継がれないイギリスとは違う。家も会社も、継ぎたい人間もその能力のある人間も、一族にはいくらでもいるよ」

だから、何者をもってしても、自分たちの生活を脅かすことはできないし、自分は何も変える気はないとレオンハルトは言いきった。

彼の嘘偽りのない気持ちだったろう。それは間違いなかった。

問題は、その言葉を受け取る側の莠に、それを素直に受けとめるだけの心の余裕がなくなっていたことだ。

「ずっと一緒にいよう」

言いながら、レオンハルトが莠の胸元を探る。そこには、誓いの証のリングが提げられている。肌を合わせれば、互いのそれが擦れ合って、金属質な音を立てる。

愛している、その気持ちに変わりはない。変わらないからこそ、怖いのだ。

いくらでも跡を継げる人間、継ぎたがる人間がいるなかで、それでもレオンハルトの父は息子を後継者候補に指名した。その意味。

当主の座もいずれは譲るつもりでいることは明白だ。

レオンハルトにそれだけの能力がなければ、事業を継がせようなどと、誰も考えはしない。

彼の言うように、かならずしも嫡子が家督を継ぐ必要がないのであれば、後継者としてレオンハルトの名が上げられたのは、現当主である彼の父の贔屓目《ひいき》によるものではありえないだろう。

学業の傍ら事業を興し、それを軌道に乗せて、いまや充分すぎる収益を上げている手腕を見れば、誰の目にも明らかだ。莠自身、恋人の欲目で高く評価しているわけではない。

レオンハルトは、いずれかならず世界経済を動かす男になる。そのときに、自分は彼の傍らにいられるのだろうか。

ビジネス上のパートナーとしては？　できないことはない。企業弁護士という選択肢もある。

では人生のパートナーとしては？

答えなど、確認するまでもない。許されることではない。

欧米には同性婚や男女の婚姻と同等の権利を保障するパートナーシップ法の認められた国がいくつかあり、ドイツもそのひとつだ。

だが、どれほど法律が整備されたところで、人間の価値観や心理は、そう簡単には変わらない。法律で認められているからといって、世間が認めてくれるわけではない。

学生という、ある種閉鎖された社会で生きていられた間はよかった。けれど、社会に出れば、許されないことはいくらでもある。自分たちの関係は、その筆頭だ。

蒡がそう結論づけるのに、さほどの時間は要さなかった。

レオンハルトには内緒で、まずは国家公務員一種試験の受験をとりやめた。官僚という国に奉仕する仕事につけば、どこかでレオンハルトの住む世界と繋がってしまう危険性があると考えたからだ。そして、ノンキャリアでの入庁を決めた。

別れを切り出すタイミングも計った。

レオンハルトが、どれほど自分を愛してくれているか、自負がある。タイミングを誤れば、有無を言わさず拘束される可能性もないとは言いきれない。

深い愛情で蒡を包み込んでくれるレオンハルトだけれど、ときに激しい嫉妬を見せることがある。そんなときレオンハルトは、ベッドの上で執拗に蒡の痩身を苛《さいな》みながら、自分だけを見ていればいいと何度も何度も誓わせるのだ。

紳士の顔の裏に、猛々《たけだけ》しい獣の顔を隠している。

それに気づいたとき、蒡の胸を襲ったのは、驚きや恐怖ではなく、恍惚だった。嫉妬に駆られたレオンハルトにひどく苛まれるのも、決して嫌ではなかった。何度めかには、情事を彩るスパイスとなって、期待すらしたほどだ。

けれど、最後だけは、そういうわけにはいかない。

蒡が別れを切り出したのは、警察学校に入学する前夜、ただただ抱き合って怠惰にすごした卒業旅行から戻ったその夜のこと。寮生活になる翌日からは、しばらくの間、一般社会と断絶される。

荷物は、部屋を出たあと、引っ越し業者に片付けを依頼すればいい。

最低限必要なものは、ボストンバッグひとつにおさまった。その準備を、卒業旅行に出かける前に、蒡はすでに整えていた。

豪華客船での優雅なクルーズだったというのに、カジノも船上パーティも、ほとんど無視してベッドのなかで過ごした旅行の余韻に浸っていたレオンハルトにとっては、まさしく青天の霹靂《へきれき》だったろう。

つい半日前まで、自分の腕のなかで奔放に乱れていた恋人が、ふいにかたい表情をまとって「さようならだ」と言い出せば、何かの冗談かサプライズだとしか思えないのは道理だ。

だが、蒡の表情から冗談ではないと察したのだろう、レオンハルトは見る見る碧眼を見開いた。そして、スッと細めて見せる。

「……蒡？」

なんの冗談だい？　と低く暗さを帯びる声。

「そろそろ潮時だと思っただけだ」

就職するのだし…と、蒡は努めて冷静に返した。

「あんなに乱れて求めてきたきみはなんだったの？」

何度も口づけて、「愛している」と甘く囁《ささや》き合って、情熱的に抱き合ったのはなんだったのかと訊かれて、蒡は意図的に下衆《げす》な言葉を選んで吐き捨てた。

「ヤりだめ」

社会に出たら、そう簡単に男漁りもできないだろうから…と蓮っ葉《はすっぱ》に構えて言葉を足すと、いきなり強い力で肩を摑まれた。

「……っ！」

痛みにぐっと奥歯を嚙む。

「蒡？　どういうつもり？」

「別れてくれ」

そして、首から下げていたチェーンを、引きちぎった。

疼かった。首に食い込む鎖が、ではなく、胸の奥が。心が。悲鳴を上げていた。

握っていた掌を、ゆっくりと開く。手のなかのリングが、高い音を立てて床に落ち、転がった。

間近に見据える碧眼が、怒りと悲しみに見開かれる。

手首を拘束する力が強められ、逃がすまいとするかのように壁に囲い込まれる。蒡が先の言葉を撤回するまで、この部屋から出さないつもりだろう、レオンハルトのつづく行動は予測がついた。

力で拘束しようとする腕から、蒡は難なく逃れる。

「……っ！」

したたか壁に肩を打ちつけたのは、レオンハルトのほうだった。

「言ってなかったっけ？　空手も柔道も、腕は僕のほうが上だ」

この四年間、レオンハルトが主にベッドのなかで莠に強いた無茶は、莠の許容あってのものだと嘲《あざけ》りの笑みとともに告白する。

許容？　とんでもない。愛しているのだ。触れられれば、それだけで愛しさがあふれて、抵抗などかなわなくなる。

そんな本心をおくびにも出さず、莠は啞然とする恋人……いや、元恋人を睨み据える。

「本気なのかい？」

「これが茶番だとでも？」

それこそ冗談にもならないと吐き捨てる。そして、背を向けた。

「四年間、楽しかったよ。でも、これで終わりだ」

大股に部屋を横切って、玄関へ。早く、この場を立ち去りたい。早く、レオンハルトの顔の見えない場所に辿りつきたい。

「……っ！」

嚙みつかれた、と咄嗟に感じた。

後ろから伸びてきた手に肩を摑まれ、振り払う前に口づけられたのだ。

「……う…んんっ！」

肉体から陥落させようというのではないとわかった。言葉を重ねるより、このほうがダイレクトに思いが伝わる。荒々しくても、口づけには深い愛情が込められていた。それを、気力ではねのける。

「痛……っ」

反射的に唇を放したものの、レオンハルトの腕は蒡の背にまわされたまま。血の滲む唇を舐《な》め、またも口づけようとする男を、蒡は渾身《こんしん》の力で押しのける。

「肋《あばら》の一本も折られなければ理解できないような貧相な脳味噌《のうみそ》ではあるまい？」

思いつく限りのひどい言葉を集めて、投げつけた。

決定打を食らったレオンハルトが、瞬間、言葉に詰まる。

次いで、諦念のこもったため息。

「わかったよ」

短く返される応え。青い瞳を哀《かな》しげに揺らし、「蒡が決めたことなら」と、苦く言う。

「さよなら」

吐き捨てるように言って踵を返し、無言のままドアを開ける。勢いよく閉めて、エレベーターに駆け込んだ。レオンハルトは、追いかけてこなかった。

エレベーターを降りるまで、マンションを出るまで、その角を曲がるまで……言い聞かせ言い聞かせ、ようやく公園に辿りつく。でもまだ泣けない。あと少し、追いつかれない距離をとって……。

バクバクと煩い心臓を押さえながら半ば駆けて、その途中で視界が曇りはじめた。まだ、ダメなのに。もう少しの距離が、どうして我慢できないのか。

歩き慣れたはずの街を、どう歩いたのかわからないままに彷徨《さまよ》って、見覚えのない駅前のロータリーで力尽きた。街灯下のベンチにくずおれて、歪む星空を見上げて泣いた。陽《ひ》が昇るまで、と己に言い聞かせて。

　陽が昇れば、自分は警察官の制服に身を包んで、厳しい訓練の日々に入る。半年後には、たぶんきっと、都内のどこかの交番に立っているだろう。

　この先の人生に、甘い感情は無用だ。もう充分に愛したし、愛してもらった。

　夜が明けはじめたころ、莠はようやく腰を上げ、まだ乗降客もまばらな電車に乗り込んだ。

　無意識に胸元に手をやって、そこに馴染んだ感触がないことに気づき、込み上げるものをこらえるために唇を噛む。

　愛していなければ、選ばない別れだった。

　警察学校を首席で卒業した莠は、半年後、地域課配属を賜り、交番勤務ののち機動隊を経て、その能力を買われ、警備部警護課へＳＰとして異動になった。

　忙しさが思い悩む時間を奪ってくれたのは、ありがたいことだった。気づけば十年あまりの時間が、あっという間に過ぎ去った。

　ひとつ気づかされたのは、十年程度の時間では、期待したほどにひとの記憶は薄れないものだということ。

　キスの感触ひとつ、いまだもって忘れていないのだから、笑える。

3

その日、レオンハルトが身につけるスーツやネクタイを選ぶのは、筆頭秘書のクラウディアの仕事だ。

昔はすべて自分で選んでいたのだが、仕事に忙殺されるようになって、スタイリストを雇おうかと考えはじめていたころに、彼女が秘書室長に就任したため、すべて任せてしまった。

クラウディアの選んだネクタイを締める前、上部のボタンの留められていないワイシャツの胸元、シャラリ…と音を立てる金属に目をやって、クラウディアがクスリ…と笑みを零した。

「あんなに綺麗な子だとは思わなかったわ」

三十路《みそじ》すぎの男を「子」扱いとは……アラフォー女性のパワーには恐れ入る。

「調べたんじゃないのか？」

事前に調査済みで、顔などわかっていたはずだとネクタイを締めながら返すと、「写真と実物とじゃ、違うもの」と、テーブルに朝のコーヒーが置かれた。

「生のほうが、艶《つや》があるわ」

女の持つ色香とはまるで別物の艶《なま》めかしさだと指摘する、数々の経験を積んだ彼女の目に今の莠《ゆう》はどう映っているのか。

「この十年間に、あなたが食い散らかしたお嬢様たちに比べたら、よほど骨がありそうね」

「彼はSPだよ」

楽しそうに言う年上の女性に、いったい何を企《たくら》んでいるのかと尋ねても、ふふっと愉快げに笑われるだけだ。

「失礼します」

おはようございます、と礼儀正しいあいさつとともに、莠が入室してくる。すでにピシリとスーツを着て、胸のSPバッジはつけていない。秘書として、レオンハルトについて歩くためだ。

「おはよう」

「おはようございます」

レオンハルトに次いで、クラウディアもあいさつを返す。レオンハルトと同じ青の瞳が、愉快そうに細められた。

莠のために誂えたスーツは、クラウディアに任せたりはしなかった。すべて自分の目で生地から選び、オーダーに出したものだ。クラウディアに言われるまでもなく、己の審美眼に胸中で賛辞を送りつつ、硬すぎるネクタイの結び目に手を伸ばす。タイというのは、ちょっとした結び方ひとつで印象が変わるものだ。

「このほうがいい」

「慣れないもので、申し訳ありません」

警察官にとって、スーツは作業着のようなもの。着飾るためのスーツになど、袖を通した経験がなくてあたりまえだ。

「ミスター氷上、出かけるまえに、お時間をいただきたいですわ」

「はい、なにか……」

蒡を呼びつけたクラウディアは、ダイニングテーブルにティーセットとドリップコーヒーの器具一式を広げていた。

「コーヒーと紅茶くらいは、完璧《かんぺき》に淹れていただかないと」

SPに秘書の真似事《まねごと》をさせようというのか。蒡の滑らかな眉間に皺が刻まれた。

「……自分はSPなのですが」

「あなたの部下は、ホテルマンに混じって奮闘しているのではなくて？」

蒡をフォローするために、部下のSPたちはホテルマンや宿泊客に変装して、警護についている。

わかりやすい嫌味に、蒡はわずかに頬を強張らせたものの、すぐに「わかりました」と頷いて、クラウディアのレクチャーに耳を傾けはじめた。

先に届けられたコーヒーの横には、外出前に目を通しておくべき書類のファイル。ソファに腰を落とし、それを開く。

ファイル越し、ダイニングに視線を向ける。

姿勢がいいため、より長身に見える背中が、今はレオンハルトの視線を拒んでいる。十年前、レオンハルトを置いて部屋を出て行った、あの日の姿がだぶるのは、その光景が強烈に瞼に焼きついているからだ。

そして、十年経ってもかわらない……いや、よりしなやかさを増した肢体が、過去の記憶を呼び覚ます。ひどい振られ方をしたというのに、別れのときの情景すら、いまとなっては甘い記憶のうちのひとつでしかない。

未練がましいにもほどがあると、自分でも呆れる。

蒡を傍に置くことで、自分に鎖をつけた気になっている、日本政府に感謝したいくらいだ。

十年前、蒡があんな別れを切りだした理由も、もちろん理解している。あの当時から、わかっていた。

それでも蒡を追いかけなかったのは、あのときの蒡の頑《かたく》なな心を溶かす術《すべ》を、あの当時の自分は持ちえなかったからだ。あのときの蒡に何を説いても、聞く耳を持たなかっただろう。

今も、耳を傾けてくれる様子はない。だがそれが、今も蒡の内に当時と変わらぬ感情が息づいていることを、レオンハルトに教えてくれた。

そこに愛情があるからこそ、否定し、拒絶する。そうしなければ、すべてを失ってしまうと恐れている。

警戒心いっぱいの横顔を、愛しいと感じないわけがない。眉間に皺を寄せながらも、クラウディアに言われるまま、紅茶を淹れる真剣な表情も……。

大切な思い出だからこそ、守りたい。

レオンハルトにとって、日本は特別な国だ。蒡と愛し合った思い出にあふれる土地、蒡が命をかけて護ろうとしている国、人々、すべてがレオンハルトにとって意味あるもので、だから今、彼は日本にいる。

外資と毛嫌いされようとも、この国の豊かな自然を守るためなら手段は厭わない。蒡とはじめて愛し合った、あの土地を守るためなら……。

カチャリ…と、陶磁器の擦れる音がして、芳《かぐわ》しい湯気を立てるティーカップが置かれる。その上には、渋々の体の不機嫌顔。

「どうぞ」

あまり美味しくないと思いますが…と、付け加える蒡の言葉尻《ことばじり》を捕まえて、「眉間に皺を刻んだ人間に給仕されても、そりゃあ美味しくありませんわよ」と、クラウディアがなかなか手厳しい指摘を寄こした。

「SPに愛嬌《あいきょう》など要求されませんので」

さすがにムッとしたらしい、蒡が言い返す。

「クビになって民間のボディガード会社に行くことになったらどうなさいますの？　つくり笑顔のひ

とつもできなければ、クライアントに嫌われてしまいますよ」

「自分は定年まで警察に勤めるつもりですので、心配ご無用です」

言ってしまったあとで後悔したらしい、莠は恥じるように視線を落とした。

湯気を立てるティーカップを取り上げて、口に運ぶ。茶葉はいつものクラシックアールグレイ。クラウディアの淹れる紅茶とはやはり味が違うが、レオンハルトの口許を綻ばせるには充分だった。

「美味しいよ」

素直な感想を口にしたつもりだったが、莠には違って聞こえたらしい。お世辞なら結構です、と言いたげに眉間に皺を刻む。だがすぐにそれを消して、「ありがとうございます」と口早に言った。いかにも不服だ、という口調だ。

つい噴き出してしまって、慌てて笑いを引っ込める。

「……なにか?」

「いや……」

愛しい…と、今この瞬間、きみも同じ気持ちでいるのだろうか。それを胸の奥に押さえ込んで、今、傍らに立っているのだろうか。

「莠」

「氷上とお呼びください、ミスター」

「ブランチに行こう」

「……はい？」

今日のスケジュールは、午後から深夜まで、会議と打ち合わせに埋め尽くされている。そのかわり、午前中は余裕がある。

唖然と見上げる黒い瞳に微笑みかけて、「視察だよ」とダメ押し。仕事と言われたら、彼は拒否できない。

そしてこれは、パフォーマンスでもある。ひそかに自分の動向を監視している連中への。無言の圧力程度に、怯《ひる》む気はない。自分には、最高のSPがついている。


カフェのガーデンテーブルに座らされ、断ろうにも、オーダーはクラウディアが勝手に入れてしまった。

休日には行列ができるという人気の店だが、個人経営で支店は出していないという。ウリは昨今流行りのパンケーキ。

「年明け売り出し予定の別荘地があってね。街そのものを新しくつくるというコンセプトで、審査を通った店だけを出店させる予定なんだ」

カフェもスーパーマーケットも雑貨屋も、モールのようにコンセプトに合う店だけを選んで、店舗設計からすべて、街の雰囲気に合わせて行うのだという。候補リストは担当者が作成するのだが、自分からもいくつか提案しようということらしい。

そんな話をされても、莠には「そうですか」としか返しようがない。そして、目の前に提供された、分厚い三段積みのパンケーキは、見ただけで胸やけを催す。

いわゆるホットケーキのような、スイーツとして食べるもの定番のパンケーキより、この店では食事としていただけるパンケーキのほうが人気があるらしい。

クラウディアの前には、蜂蜜がたっぷりとかかった、ふわふわのリコッタパンケーキの皿が置かれたが、莠とレオンハルトの前には野菜やベーコンが添えられた、食事として頂けるタイプのパンケーキが提供された。莠にはＢＬＴ、レオンハルトには自家製フランクフルトとザワークラウトのパンケーキ。

甘いものよりはマシだが、こんなに食べたら動けなくなってしまう。

「パンケーキの生地に特徴があって、酒粕《さけかす》を使っているそうです。日本は発酵食品ブームですし、海外でも日本酒が人気ですから、面白《おもしろ》いと思います」

クラウディアが事前調査の内容からかいつまんで説明してくれる。

「ご主人のご実家が蔵で、そこから生の酒粕を仕入れているそうですよ。日本酒の展開もできるかもしれませんね」

もちろん、質が合格点なら、だが。

「ホテルのラウンジでの提供を、取り引き材料にするといい」

酒粕の味がよければ、酒の味もいいに決まっている。

「担当者にはそのように申しつけます」

「ワインショップと日本酒の専門店も、いくつか提案させろ」

「かしこまりました」

仕事の話をしながらも、ふたりはしっかりと口を動かしている。一方の莠は、一枚のパンケーキを持て余していた。

ガーデンテーブルだから、周囲に気を配らなければならないし、パンケーキなど普段ほとんど口にしないから、そもそも味がよくわからない。警察官の食事など、わびしいものだ。店屋物をとる時間がとれただけ、交番勤務や機動隊勤務のころのほうが、食事は充実していたかもしれない。

ブランチと言われたから、当然食事はこれで終わりだろうと思ったのだが、次いで移動した先は、天井まで届く水出しコーヒー用のウォータードリップムービングと、カウンターに並んだサイフォンコーヒーの道具が目を惹《ひ》く、拘《こだわ》りを感じさせる、コーヒー専門店だった。

目的の半分は拘りのコーヒーだが、残りの半分は意外なことにも厚切りトースト。自家製パンをオーブンで焼く分厚いトーストは、外はカリッ、なかはフワッで、コーヒーによく合うと、評判になっているらしい。

厚切りトーストなど、いまどきどこにでもあるように思うが、マスターの淹れる拘りのコーヒーと、マスター夫人が焼く自家製パンの組み合わせがいいのだろう。

家族経営の店にどうやって支店を出させるのか、莠には想像もつかないことだが、レオンハルトには考えがあるのかもしれない。

数百億円規模の開発業を手掛けるかと思えば、一方で数百円の厚切りトーストの店に心を砕きもする。どんな数字も読み解けなければ、経営者は務まらないということか。

莠はもちろんレオンハルトも、ひと口味見するだけで精いっぱいだった厚切りトーストの残りは、全部クラウディアの胃袋に収まって、どうにか残さずにすんだ。この細い身体のいったいどこに入っていくのか、不思議でならない。

ついクラウディアの食べっぷりに見入っていたらしい、なにか？　と訊かれて返答に詰まった。

「なに？」

「あ、いえ……」

すると、莠が言えないことを、レオンハルトが平然と指摘する。

「燃費が悪いなと思っていたんだろう？　私も常々、彼女の胃袋のつくりが不思議でならない」

「昔から大食いなんだ」と暴露されたクラウディアは、「ちゃんと消費してますから」と強気に返してきた。毎朝のヨガとジム通いで、スタイルをキープしているのだという。

これくらいパワフルな女性でなければ、レオンハルトの秘書など務まらないのだろう。「昔から」というくらいだから、プライベートでは恋人なのかもしれないけれど。

ここにいる自分はなんなのだろう…と、ふと考えて、SP以外のなにものでもないと思い直す。

三人で雑談をしているわけではない。周囲には部下の目があるし、室塚班のSPたちも、姿が見えないだけで、そこらにいるのだ。

打ち合わせに向かう途中、思いがけず道が空《す》いていたために時間に余裕ができたからと、和装用品の店に立ち寄る。こういう場合、警備が行き届かなくなる可能性が高く、危険だ。

レオンハルトは、「大臣夫人へのバースデープレゼントにしてくれ」と、藤色《ふじいろ》に桜柄の扇子を選んでクラウディアに差し出した。

レオンハルトが、日本文化に造詣《ぞうけい》が深いのは昔からで、付き合っていたころも、センスのいい和のアイテムを選んでは、母親や従姉妹《いとこ》たちにプレゼントしていた。蒡が、母の日やクリスマスの贈り物に困ったときには、よくアドバイスをもらった。

またも意識が過去に飛びかかって、意識的に引き戻す。その眼前に、一本の扇子が差し出された。

「お母上の墓前に」と言われて、ゆるり…と目を見開く。見れば、母が好きだった桔梗《ききょう》が描かれている。母は日本舞踊を嗜《たしな》んでいて、幼い時分に、レオンハルトも蒡と一緒に手ほどきをうけていた記憶がある。それを、覚えていてくれたのかもしれない。

「本当は墓前に参らせてもらいたいところだが、それはまた今度にさせてもらうよ」

蒡が警察官になったのを見届けたあと、この十年の間に、父母は相次いで他界していた。

今は任務中で、周囲には部下の目もある。そんな状況で、個人的な話をされるのは困ると思うのに、胸はやさしい気持ちで満たされていく。

公僕だから受け取れないと、返すのが正しい判断かもしれない。けれど、故人を偲《しの》んでくれようとする気持ちまで、はねのける必要があるとも思えない。

部下には、蒡とレオンハルトが大学時代の同級生であることを告知していない。会話のなかから感じ取るぶんには否定する気はなかったが、こんなかたちで既知の関係であることを告白することになるとは思わなかった。

「ありがとうございます。母も喜びます」

深く腰を折って、それを受け取った。休みが取れたら、墓前に供えに行こう。きっと喜ぶ。

そして、長患いののちにレオンハルトの父が他界したときに、自分は弔電ひとつ打たなかったことを思い出し、恥じた。この任務が終わったら、ちゃんとしなくてはと反省を深くする。

ものの十五分で買い物を終えて、交渉の場としてセッティングされたホテルのティールームに向かう。個室を借り切って、即席の会議室に設《しつら》えられていた。蒡は、部屋には入らず、ドア横で警護につく。

「マルタイ、入室しました」

『了解』

予定では九十分、遅くとも百分後にはここを出ないと、次のスケジュールに間に合わない。

午前中のまったりとした空気が嘘のように忙《せわ》しないスケジュールが、今日は午後いっぱい、深夜近くまで組まれている。

レオンハルトが直接動くことで、いったいどれほどの経済効果があるのか。いったいどれほどの金が動くのか。そう考えれば、五分でもいいから直接会って話をしたいと思う人間は多いだろう。レオンハルトを護るということは、そうした世界経済を守ることにも繋がる。……などと考えたら、大袈《げ》裟《さ》だろうか。

すると、運転の必要のないときは、アドバンスに入っている部下の調整をしている室塚が、廊下の向こうからやってきて、莠の隣に立った。交代時間にはまだ早い。

「盗聴器が見つかった」

アドバンス――先着して室内の検索・洗浄を行うのが室塚班の役目だ。今、打ち合わせの行われている部屋の検索時に、盗聴器が見つかった、という報告だった。

「……盗聴器？」

「事前に確認したときにはなかった。電波の届く範囲で、不審車両を当たらせている」

盗聴電波を拾うために、電波の届く範囲のどこかに、受信機を乗せた車両が止まっているはずだ。

「――が、今のところヒットはない」

「手が足りない。発見は難しいだろう」

所轄に協力を仰いだのだろうが、本庁の、しかも他部署からの依頼を、どれほど本気で聞いたかは不明だ。

「捜索はいい。それよりも、先回りして、検索と洗浄を徹底してくれ」

「わかった。そうしよう」

ビジネス上の情報漏洩《ろうえい》問題となると、どのみちSPの範疇ではない。SPが護れるのは、人命だけだ。

無駄なことを口にしない室塚は、「盗聴器は鑑識にまわしておく」と踵を返す。なにも出ないだろうが…と、紡がれない言葉の先を読みつつも、莠は頷いた。

――盗聴器、か……。

狙いは情報なのかレオンハルト自身なのか……いずれにせよ、足がつくような部品は使っていないだろう。相手がプロならなおさらだ。あえて、秋葉原などで素人にも簡単に手に入れられる部品を使って、素性を隠しているはず。

それは、もっと荒っぽい行動に出る場合も同じだ。物理的な攻撃に出てくる場合でも、実行犯は絶対に真犯人ではないし、真犯人について何か知っている可能性のほうが低いだろうと予想される。金で雇われた何者かである確率のほうが高い。となれば、盗聴犯も同じか…と、莠は思考を巡らせた。

考えるのは、SPの仕事ではない。

なぜ、どうしてこういう事態が襲うのか、考える必要はない。ただ目の前にある命を守ればいい。マルタイ以外の命に注意を払う必要もない。マルタイを護ることだけを考えればいい。

そう教えられるのがSPだ。

だが蒡は、少し違う考えを持っている。

SPにも、思考能力が必要だ。思考して、最善の警護を考え、上の指示を待つのではなく、独自の判断で臨機応変に対処する。

日本の警察にはそぐわないとわかった上で、己の信念に従って自分の部下は育ててきた。いずれは、警護課をそういう方向にもっていきたいと考えているが、ジレンマも感じる。

現場にいなければ、そうした現場の状況はわからない。だが、もっと上にいかなければ、組織を変えることはかなわない。やはりキャリアで入庁するべきだったのか…と、考えることがままある。だが、キャリア組が現場に立つことはありえない。現場を知らずして、今のような考えに至れたとも思えない。

盗聴器を仕掛けた犯人の目的が、情報——企業スパイならば、その対処はレオンハルト自身やクラウディアが考えることだが、物理的攻撃に向けての準備にあるのだとしたら……先々の危険を分析しなおす必要がありそうだ。

「スケジュールの変更に関して、明日からはかならず前日までに報告をお願いします」

移動の車中で蒡が切りだすと、まずはクラウディアが怪訝《けげん》そうな視線を向けた。

「さきほどの部屋で、盗聴器が発見されました。急な変更は、検索と洗浄が追いつかない危険があります。お控えください」

蒡の報告に、クラウディアは興味を失ったように眼鏡のブリッジを押し上げる。「よくあることよ」

と、取り合う様子はない。

「企業スパイへの対処は、そちらでお考えください。我々が危惧するのは、直截的な危険の可能性です」

平和な日本で、いったいどんな危険が？　と、一般市民なら考えるところだろうが警護課や公安が絡む暗殺未遂事件は、決して少なくはない。報道されないだけのことだ。

「クラウディア、彼の言うとおりにしてくれ」

先に折れたのはレオンハルトだった。彼がそう言うのなら…と、クラウディアも頷く。

「そのかわり、事前に提出したスケジュールに変更はありえない」

何があっても…と、レオンハルトが碧眼を細める。

襲う可能性のある危険の中身について、彼は知っている…と、莠は感じた。ライバル企業か、もっと個人的な恨みなのか、それとも……？

訊いても、答えないだろう。ならばこちらは、あらゆる場面を想定して動くよりない。

「結構です」

これも駆け引きだ、と理解して、莠は頷く。

SPとして必要とされているのなら、レオンハルトへの鎖としてこの場に置かれているよりよほどいい。

何があっても、自分が彼を護ればいいのだから。

次いで、移動した先のホテルでの会談を終えて、時間を気にするクラウディアに急かされるようにエントランスに向かう。

するとロビーのソファ席で寛《くつろ》いでいたサラリーマン風の男たちの一団から、ひとりが腰を上げた。

こちらをうかがうように見るその視線に気づいて、蒡は「左前方、四人掛けのソファ」と、袖口に仕込んだマイクに注意を投げた。

客に扮装したSPが、若干包囲を縮める。それに気づかない様子で、サラリーマンのなかのひとりが、こちらに足を向けた。

「止まらないでください」

レオンハルトとクラウディアに囁いて、無視してまっすぐにエントランスに向かおうとする。車寄せには、すでに室塚が待っている。

エントランスをくぐろうとしたところで、「おい！」と声をかけられた。駆け寄る気配。蒡は咄嗟に、レオンハルトの前に出た。

ナイフか？　拳銃か？　と凶器を確認しようとして、思いがけない声に反応を阻まれる。

「やっぱり！　間違いない！」

駆け寄ってきた男は、レオンハルトの顔を確認して、歓喜の声を上げた。

「レオンハルト・ヴェルナーだろう？　覚えてないか？　俺《おれ》、大学で一緒だった――」

久しぶり！　と両手を広げる。握手を求めてこようとする男の身体を、レオンハルトとの間に入ることで蒡が阻んだ。邪魔をされた男性は、なんだ？ と訝る顔で蒡を見る。そして、「あれ？」と首を傾《かし》げた。

「その顔……おまえたしか……ええっと、……氷上？」

確認をされても、蒡には見覚えのない相手だった。大学時代の同級生といっても、学部が同じかどうかまではわからない。そもそも真実のほども定かではない。

「申し訳ありませんが、アポのない方はご遠慮ください」

相手の問いかけを無視して、冷淡に言い放つ。レオンハルトの安全のためにはいたしかたない。

無表情に言い放つ蒡の顔を唖然と見て、声をかけてきた自称同級生は、言葉を失った様子で立ち尽くした。

「え……っと」

何を言われたのか理解できない様子で目を丸くしている。

それもそうだろう。相手が世界的大企業のトップだと認識はしているのだろうが、気安く声をかけただけのことで、よもやなぜこの場にいるかも知れない元同級生に邪険にされようとは、思ってもみなかったのだろうから。

世界的企業家と同級生というツテは、一介のサラリーマンにとってはとてつもなく大きなものに違いない。……サラリーマンではないのかもしれないが。

その強張った表情から、多少の下心もあって声をかけてきたのだろうことがうかがえるものの、危険はないと葵は判断した。だが、クラウディアが管理するスケジュール的にも時間を割いている余裕はない。

するとレオンハルトが、葵の肩に軽く手を置いて、一歩前に出た。そして、当たり障りのない言葉を返す。

「お久しぶりです。今は時間が取れなくて申し訳ない。いずれ同窓会の折りにでも、ぜひ」

同窓会の予定などあったとしてもレオンハルトが出席することなどないだろうが、角が立たない避わしかたではある。

啞然としていた男性は、レオンハルトと葵の顔を交互に見て、そして「こちらこそ不躾に……」と腰が引けた様子であとずさった。

「失礼」

優雅に礼を尽くして、レオンハルトが立ち去るのに合わせて、葵も軽く会釈をして、その場を離れた。

密かにことのなりゆきに注目していた居合わせた客たちが、詰めていた息を吐き出す気配。取り残された元同級生は、所在なさげに、立ち去る一団を見送っていた。

このときのやりとりが、取り残された本人から広まったのか、それとも話を聞いた誰かが広めたのかはわからないが、数時間後には、葵のプライベートのアドレス宛に、大学時代の同級生から立てつづけにメールが入ってきた。今はインターネットを経由して、情報は超特急で伝わる。メールアドレスが出回ったのだろうか、これまで連絡などとったことのない人間からも……。

『レオン、日本に来てるって？　同窓会やろうぜ！』

『氷上、警察やめて転職したのか？　いいよなぁ、金持ちの親友がいて』

『いい投資話がある。話を繋いでもらえないだろうか？』

ホテルに戻る車中でそのメールを受信した莠は、最初の一、二通には目を通したものの、普段ではありえないスピードでメールボックスに新着メールが溜まっていくのを見て、半ば恐怖すら覚え、開封する手を止めてしまった。

なんだこれは……と、胸中で毒づく。

しばらくプライベートの端末は使うのをやめたほうがいいかもしれない。電源をOFFにしようとすると、後ろから苦笑ぎみな声がかかる。

「どうやら、きみが餌食になってしまったようだな」

「……え？」

バックミラー越しにレオンハルトを見やると、「きみは目立つから」と、先の発言と繋がらない言葉を返された。

「メール、山ほど届いているんじゃないか？」

十年経っても、他学部に在籍していた人間にまで覚えられている、それくらい学生時代は目立っていた、と言う。それは自分のほうではないかと眉根を寄せると、「自分の安全も考えるべきだね」と

ＳＰにあるまじき忠告を寄こされてしまった。

「ヴェルナーのセキュリティは万全ですから。氷上さんのほうが連絡が取りやすいと思われたのでしょう。災難でしたわね」

今度はクラウディアが、膝にのせたミニパソコンのキーを打ちながら、前を見もせず説明を補足する。つまりは、有名芸能人が一度は経験する「友人や親戚《しんせき》が急に増える」事態に似た状況が、大企業トップにも起こりうる、そのためのセキュリティ対策が施されている、ということだ。

「元同級生を名乗ってアポを取りつけようとするのはよくあることです。怪しい取り引きや投資話、暗に賄賂《わいろ》を求めてくる官僚もいます。相手をしていてはキリがありませんから、すべて秘書室で処理しています」

クラウディアの口調は、淡々と、いっそ冷徹にすら聞こえた。

レオンハルトのプライベートの携帯ナンバーやアドレスは、近しい親族とごく一部の友人にしか知らされていない。会社のアドレス宛に届くメールは、レオンハルトが直接処理すべきものから見る必要のないものまで、すべていったん秘書室でチェックが入るのだという。

そこまでしなくてはならないのか……と考えて、葵は今一度数時間前の情景を反芻《はんすう》した。そこまでしなければ、対処しきれない。どんな事態に巻き込まれるやもしれない危険を考慮しなくてはならない状況が、たしかにあるのだろうと理解する。

とすると、自分が知っているレオンハルトの連絡先は……と考えて、葵はバックミラー越しに視線を投げた。だが、訊けるはずもなく、青い瞳が上げられる前に、さっと視線を外す。十年も前に音信不通になっているのだ。とうに使えなくなっていてあたりまえだ。

トップの孤独というのは、どんな業界にもありえることなのだと、改めて知った。スポーツや芸事の世界だけではない。トップには、トップにしかわからない苦悩や孤独がある。

そんな話をしているうちに、車はホテルに辿りついていた。

すると今度は、また別種の視線を感じて、莠は周囲に注意を巡らせる。

無線に、「ブンヤが嗅《か》ぎつけた模様です」と報告が入る。経済紙や雑誌の記者や契約しているライターなどが、レオンハルトの来日を聞きつけて、何かあるに違いないと、張りつきはじめたらしい。

「騒がしいわね」

何も言わないレオンハルトの心情を代弁するかに、クラウディアが忌々しげに呟く。

「きみの裁量で適当に処理してくれ」

「もとより、そのつもりですわ」

押しかけようとする記者たちは、莠の指示で部下が制した。もちろんSPとはバレないように細心の注意を払う。経済担当の記者であっても、SPが民間人の警護をしないことくらい知っているはずだ。民間のボディガードだと思わせておくほうが面倒がなくていい。

部屋に辿りついたとき、莠は奇妙なまでの気疲れを感じていた。もちろん表には出さないが、精神的な負荷がその原因だと自覚がある。

レオンハルトの置かれた環境をはじめて理解した気持ちで、正直に言えばショックを受けていた。孤高を強いられる牽引者《けんいん》者には、理解し支えてくれる存在が必要不可欠だ。そういう意味で、クラウディアは適任だろう。彼女はただの美人秘書ではない。

そんなことを改めて考える自分に胸中で失笑を零す。だからどうしたと、もうひとりの冷静な自分が、過去に引き戻されがちな弱い自分を叱咤《しった》した。

レオンハルトに同行するようになって、基本的に交渉や打ち合わせの場に菁が同席することはないものの、それでも彼がどんな仕事のために日本に来たのかは、アポイントの相手などからやがて見えてくる。

レオンハルトは、日本の山林を購入していた。本州や北海道、九州まで幅広く。ここ数年の間にかなりの面積になる。

一部は、少し前に話題に出たように、すでに避暑地としての開発がはじめられているが、多くはいまだ手つかずのまま。豊かな自然が残されているものの、インフラ整備からはじめなければとても開発など不可能な山深い場所ばかりだ。

いずれの値上がりを見越してのことなのか、なにか目的があるのか……。いくつか考えられる可能性はあるが、明確なところはわからない。事業資金を投入しているからには、採算あってのことだろうが、そのあたりが疑問だった。

この日、視察に訪れた土地は、車の通れる道が一本通ってはいるものの、その奥に開発途中で放棄された別荘地があるだけの、本当に山奥だった。

バブルがはじけて開発業者が倒産に追い込まれ、開発がストップした。その後、転売が繰り返され、結局再開発がかなわないまま、今に至ったのだろう。持ち主のない古びた別荘が数件建っているだけの、特別景観がいい土地でもない。

『周辺の検索、洗浄、終了しました』

無線に届いた報告に「了解」と返して、蒡はひっそりとため息を吐き出した。ガラス窓を叩く豪雨に、やむ気配は微塵《みじん》もない。

視察に来たはいいが、雨で足止めを食らうなんて……。

道が寸断されたわけではないため、雨がやめば通行止めは解除されるらしいが、この様子では明け方までは無理だろう。

足止めを食らった報告を受けたレオンハルトは、「地盤の弱い場所の確認ができてちょうどいい」などと笑ったが、警護する側にはまた別の問題が生じる。道が寸断されたのならまだしも、通行止め程度では、暴漢が本気なら足止めは期待できない。

自らの退路の確保ができない状況で、敵が襲ってくるとも思えないが、常に最悪の事態を想定しておかなくてはならない。

雨のなかの警護は厄介で、何より厄介なのは、自分がその一番面倒な役目を引き受けられないことだ。自分自身はレオンハルトの傍らで、雨露も寒風も凌《しの》げる状況での警護になるのだから。

指揮する立場なのだから仕方がないとわかっていても、今回ばかりは部下は自分のとばっちりだという気持ちが拭えないのもあって、なんとも気が重い。

「さすがに、これほど降るとは思わなかったな」

天気予報は昨夜の時点ですでに雨を告げていたけれど、まさかこんな大雨になるとは、たしかに予想外だった。

レオンハルトの言葉に、莠は「どうぞ先におやすみください」と返して、カーテンを閉める。

今、この別荘には、莠とレオンハルトのふたりしかいない。

バブル期に、庶民にも手のとどく別荘地をコンセプトに開発がスタートしたものの頓挫《とんざ》したとかで、残された別荘のどれもが、決して広いとはいいがたい間取りだった。一階はダイニングキッチンと水まわりだけ、一部屋しかない寝室は二階だ。

そのために、レオンハルトと彼を警護する莠がこの物件に、すぐ隣の物件にはクラウディアと彼女の警護のためにアドバンス部隊所属の女性SPが同宿することになり、もう一軒がSPの待機所という割り振りになった。

幸いだったのは、隣接した三軒のいずれも電気水道が通じていて、万が一に備えて備蓄食糧なども揃えられていたことだ。

「今はふたりきりだ。――いいだろう？」

かしこまった話し方をする必要はないと言われて、莠はひとつ息をつく。たしかにここなら、第三者の目もなく、話を聞かれることもない。

「コーヒー、飲まれますか？」

インスタントしかありませんけど、と言いながらキッチンに向かうと、リビングで待っていればいいのに、レオンハルトもついてくる。隣に立ったかと思ったら、いきなり莠の耳からイヤホンを奪い取った。

「……っ！　なにを……っ」

なにをするのかと驚いて顔を向ければ、責めるような色をたたえた碧眼とぶつかった。

「どうせ、周囲はきみの部下が囲んでいるのだろう？」

だからいいではないかと返される。

「定時報告が入ります。お返しください」

努めて冷静にお願いをすれば、先に莠が無視した内容を、言葉を変えて告げられた。

「その言葉遣いをやめてくれるのならね」

「……っ」

今はふたりきりだと言われても、莠は任務中なのだ。レオンハルトを護らなければならない。かといって、レオンハルトが引くとも思えなかった。

「わかった」

長嘆とともに頷いて、手を差し出す。

「だから、返してくれ。それが通じないと、部下が様子を見に来る」

少し考えるそぶりを見せたものの、レオンハルトは奪い取った無線を蒡の掌に落とした。

湯が湧くのを待つ間、ジャケットを脱いでそれを装着しなおす。常に前ボタンの留められることのないジャケットの下には、無線とホルスターが隠されている。

許可を取れば民間人でも銃所持が可能な国に生まれ育った者にとっても、狩猟用の猟銃を身近に目にすることも多いだろう家に生まれ育っていても、警察官が所持する拳銃は特別なものなのだろうか、レオンハルトがホルスターにおさめられた拳銃に目を留めた。

「きみに、そんな才能があったとはな」

拳銃上級の腕前がなければ、SPにはなれない。レオンハルトといた学生時代、官僚を目指していた蒡が、よもや現場に立っているとは思いもしなかったに違いない。

「お父上も優秀な警察官だったから、その血かな」

「そもそも、官僚などという器じゃなかったってだけのことだ」

ポットの湯でドリップ式のインスタントコーヒーを淹れながら言うと、ジャケットを脱いでワイシャツの袖を捲《まく》り上げたレオンハルトが隣に立ち、常温保存可能なインスタント食品の袋とともに、生野菜を取り上げた。

昼間、来る途中にあった道の駅で、「ファーマーズマーケットがあるわ！」と喜んだクラウディアが、勢いで買ったものだ。自分はフルーツしか食べないからといって、残りを押しつけていった。この状況でどうしろというのか……キュウリの丸かじりくらいしか思いつかない。

そんなことを考えていたら、レオンハルトがキャビネットを漁って新品のフライパンを取り出す。鍋《なべ》にもフライパンにもなる、深型のものだ。

何をするのかと思ってみていると、ザッと洗った野菜をむしりはじめる。包丁はない。かわりになるのは小ぶりのサバイバルナイフくらいだろうか。

「……料理する気か？」

「これをそのまま食べるよりはマシだろう？」

野菜と炒《いた》め合わせるだけで総菜が完成するインスタント商品のパッケージには、いかにも旨《うま》そうな料理例が掲載されているが、とてもレオンハルトの口に合うとは思えない。

「クラウディアを……」

呼ぼうか？　とつづけようとしたら、なんともフォローのしようのない言葉に遮られた。

「彼女は料理ができない」

デキる美人秘書にも、苦手なことがあったわけだ。

唖然とするばかりの莠の横でパッケージの袋を破りながら、「日本のインスタント食品は、ますます進化しているな」などとレオンハルトが愉快そうに言う。

昔はインスタントはもちろん、出来合いの総菜を買ったこともなかったはずだ。そんな疑問を視線に滲ませる。

「インフラの整っていない場所に視察に行くことも多い。そういうときには、利用させてもらっている」

砂漠の真ん中にコックは連れていけないと言われて、莠は「砂漠のど真ん中にホテルでも建てるのか」と呆れた。

「ニーズが多様化しているからな。常に一歩先を見なければ、リゾート開発などできない」

古き良きものを守った上で、誰もやらないことをやらなければ、時代を牽引していくことはできないと言われて、改めて経営者としてのレオンハルトの才覚を感じた。

「どんなツテでも辿ってきみに辿りつきたいと考える輩《やから》が多いのも頷けるよ」

面倒になって完全にOFFにしてしまったプライベートの携帯電話は、次に電源を入れたときにどんな状況になっているか、確認する気にもなれない。

「なかには、きみ狙いのやつもいそうだが」

レオンハルトに繋いでほしいと言いながら、その実、莠が目的の輩がいると言われて、思わず眉間に皺を刻んだ。それが、警察にコネを持ちたい、という意味ではないとわかったからだ。

「……悪い冗談はやめてくれ」

ドリップコーヒーが落ちるのを待つ時間が、妙に長く感じられた。「そうかな？」と、茶化した口調で返されて、蒋は思わず傍らを見上げた。

「学生時代、私がどれほどやきもきしていたか、きみは知らないだろう？」

器用にフライパンとターナーを操りながら、サラリ…と過去に言及されて、蒋も反射的に言い返してしまった。

「それはこっちのセリフ……っ、……っ」

慌てて言葉を呑み込んでも、もう遅い。

「学部一の秀才で美人のきみは、皆から人気があった」

それこそこっちのセリフだと思ったが、これ以上の墓穴を掘りたくなくて、口を噤《つぐ》んだ。

「きみを自分に繋ぎとめておくために、それまでしたことのなかった料理を覚えて、週末には花を買って帰った」

花なんて……そういったことが苦手な日本人男性はともかく、諸外国では特別なことでもないだろうに。……と思ったのが顔に出たのか、レオンハルトは「あいさつのように女性を口説くイタリア男と一緒にしないでくれ」と、憮然《ぶぜん》と言う。

甘ったるい言葉をあいさつのように並べ立てていたくせに……と、ついうっかり、記憶が過去に遡《さかのぼ》ってしまった。

今、レオンハルトの手料理を食べる資格があるのは自分ではない。

華やかな女性遍歴において、一度も花を贈らなかったなんて言わせない。

若き企業トップのスキャンダルは、ハリウッドスキャンダル並みに、パパラッチの恰好の餌食だ。

事実、ハリウッド女優と噂になったこともある。

「じゃあ、どうやって口説いたら、オスカー女優と付き合えるんだ?」

教えてほしいものだと吐き捨てる。向こうから言い寄ってきたこともおおいにありえるが、レオンハルトがOKしなければ、成立しない関係のはずだ。

「ヤキモチなら嬉しいが……」

果たしてどうなのか?　と問う視線を落とされて、莠はギクリと肩を揺らす。

「……っ、そんなわけ……」

やはり、ふたりきりになったのはよくなかった。この場の警護を、室塚あたりに代わってもらうべきかもしれない。

密かに深呼吸をして、そっとキッチンを離れる。冷蔵庫を開けて、ミネラルウォーターのペットボトルを見つけ、グラスとともにダイニングテーブルに運んだ。

背後から近づく足音から逃れようとすると、二の腕を摑まれた。

「莠」

「……っ」

体温を感じるほど近くに、レオンハルトの存在がある。嫌いになって別れたわけではないとはいえ、十年経っても心がざわめくのは悔しかった。

「レオン――」

引き寄せられかけて、抗《あらが》う。

「放して――」

「私は――」

同時に言葉が出ていた。

蒡は、放してくれと言おうとしただけだった。だがレオンハルトは？

しかしその疑問も、無粋に会話を遮った携帯端末の着信音に邪魔されて、喉の奥に消える。ソファ横のチェストの上、充電器に繋がれたレオンハルトの携帯端末が、着信を知らせて明滅している。

「私だ。……ああ、わかった。きみの判断で処理してくれ。いや、そちらは予定どおりでいい。恩師には逆らえん」

電話の相手はクラウディアのようだった。

今晩戻れなかったことで、ずれたスケジュールの調整を、この時間までしていたらしい。その報告と判断を仰ぐために連絡を寄こしたのだろう。

「明日の朝、もし交通規制が解除されていなければ、ヘリを飛ばす。午前中は潰れるが、午後からは予定どおりだ」

渋い表情で、レオンハルトが指示を寄こす。蒡は一歩距離をとって、「了解しました」と軽く頭を下げた。

　気まずい沈黙は、もはや打ち消しようがない。

　第三者の目があってもなくても、もはや自分たちは、警護対象とSPでしかなく、幼馴染に戻ることすらできないと思い知る。

「せっかくつくったんだ。温かいうちに食べないか」

　キッチンを示して、レオンハルトが軽く言う。

「そうですね」

　万が一の場合を考えても、食べておかなくてはいけないと言い聞かせた。

　レトルト食品にひと手間加えたレオンハルトの手料理は、記憶にある彼の味ではありえないものの、それなりに美味しいはずで、けれどそれを砂を嚙む思いで口に運んだ。味など、感じられるわけもなかった。

　クラウディアがかけてきた電話に、果たして邪魔されたのか、それとも助けられたのか。

　前者の感情のほうが、自分のなかで割合が大きいことを自覚して、芳は臍《ほぞ》を嚙む。すべては過去のことであって、クラウディアに妬《や》いたところで意味はないというのに……。

「ヤキモチ、か……」

　昔の自分は、素直にヤキモチをやいてみせただろうか？　記憶というのは、自分に都合のいいように再構築されるもので、よく覚えていない。ただ愛しくて、楽しかったことしか記憶にない。つらかったのは、最後のときだけだ。

レオンハルトを二階の寝室に寝させて、自分はイヤホンに上がる報告に耳を傾けつつ、リビングのソファに背を沈めた。

二階の気配に耳を欹《そばだ》てて、レオンハルトも眠れていないと気づく。

長い夜になった。

雨音は、いつの間にかやんでいた。

4

強引にアポをとりつけてきたかと思ったら、元大臣は、言いたいことだけを言って、早々に帰って行った。

もの三十分あまりの間ではあったが、感情を殺していたのだろう、会談の間は無表情に徹していたクラウディアが、ようやく呼吸がかなったとばかりに「ヒヒジジイ」と毒づく。

それを聞かなかったふりで、レオンハルトは「勝手に使ってくれるものだ」と苦笑した。

「こちらを利用したいのも結構だが、向こうの都合ばかり押しつけられてもな」

レオンハルトが日本の土地を買い漁っているのを、問題にしないかわりに、言うことを聞けと、ようはそういうことだ。欲しいのは政治資金。企業献金が禁止されている日本で、レオンハルトの資金力を利用するために、圧力をかけてきているのだ。

「そもそも動機が不純なんですから、邪魔されないだけマシと思って、がまんなさいませ」

「手厳しいね」

肩を竦めると、今度は冷静な指摘を寄こされる。

「工作員が送り込まれているのも事実ですから、大臣の威光で警察力を利用できるのだと思えば、悪いことばかりでもないでしょう」

本国なら、銃器を携帯したボディガードを雇えるが、日本では警察以外にそれは無理だ。だからといって、未練を残した相手を、楯にしようとは思わないが。

警察が蒡をSPとして寄こしたのは、端的に言えば、これもレオンハルトへの圧力で、蒡もそれに気づいている。だが、それを質《ただ》せば、過去の関係を公表することにもなりかねないから、できないでいるのだ。

あの大臣なら――実際に指示を出したのは秘書だろうが――ひとの過去をほじくり返して、弱みを握るくらいのことは平気でする。

だからといって、脅しに屈して、好きに利用される気はない。今はそのほうが都合がいいから、おとなしくしているだけのこと。端金《はしたがね》で日本での自由が利くのなら、安いものだ。その間に、自分は目的を果たす。

「昨夜はゆっくりとお話できました？」

ふいに間近から声がして、首を巡らせると、すぐ傍らに自分と同じ色の瞳があった。整った容貌が、ふふっと愉快気な笑みを零して、悪戯な視線を寄こす。

「……絶妙なタイミングで邪魔をしておいて、よく言う」

盗聴器でもしかけていたのかと問うと、「私はSPでも襲撃犯でもありません」と、呆れた様子で肩を竦めてみせる。

「あら、そうでしたの？　ごめんなさい」

まったく詫びているように見えない。昔からそうだ。クラウディアは、悪戯好きでお節介で、人の好き嫌いが激しい。気に入った相手には絶対的な味方になるが、気に食わない相手は徹底的に叩き潰すタイプだ。

蒡のことは気に入っているようだが、愛情表現の仕方が歪んでいるために、その逆にしか見えない。長い付き合いになるレオンハルトにしか、このあたりの区別はつかないだろう。

「ともかく、今回の件が済んだら、しばらくの間は日本……いえ、アジア地域に近寄らないのが得策です。そのおつもりで」

大袈裟にも聞こえるが、たしかに飛行機事故にでも装われたら、防ぎようがない。後継者のアテもない今は、突き進むよりほかないだろう。

「ずいぶんと嫌われたものだ」

苦笑すると、クラウディアが先とは別の意味で呆れた顔を向ける。

「狙った獲物を次々と横取りされれば、いかな大国といえども怒りますよ」

それだけのことをしたのだから、報復覚悟だろうと言われて、レオンハルトはさすがに愚知のひとつも零したくなった。

「大国家が一民間人相手に、大人気ない」

「欧州一を誇るヴェルナーの当主が一民間人だなどと、誰も思っておりません」

なにをおっしゃいますやら…と、クラウディアは取り合わない。

「法的に隙のない契約が必須だ。でなければ、国の都合で覆される」

「そのあたりはぬかりなく、法律家や専門家を押さえています」

金で黙る相手は黙らせる。もちろん痕跡は残さない。クラウディアのやり方だ。レオンの立場ではできないことを、彼女が一手に引き受けてくれている。

「明日の件、本当によろしいのですね？」

「敵の姿を拝むのも悪くないだろう」

予定どおりでいいと返すと、クラウディアは手にしたタブレット端末をささっと操作して、各方面への指示を終わらせる。

「彼を信頼しているのね」

でなければできないことだと、しょうがないわね…と言いたげなため息とともに呟く。レオンハルトは、黙ってひとつ瞬《まばた》きをした。


政治家が多く利用するホテルには、大抵どこでも、一般客に見られないように出入りできる通路が用意されている。

元大臣で、次の解散総選挙の暁には総裁候補筆頭に名が挙がると言われている大物政治家が、実業家であるレオンハルトにいったいなんの用があるのか、会談は秘密裏に行われた。

本人は代々政治家の家系で、夫人の父親は警察ＯＢの衆議院議員。つまりは警察に顔が利く。もしかすると、自分をレオンハルトのＳＰにつけるよう圧力をかけたのはこの男かもしれないと思いながら、蒡は大臣担当ＳＰと短いやり取りだけを交わして、警護についた。

大臣であっても、何がしかの危険が想定される場合を除いて、数名のＳＰしかつかない。それに比べて、蒡の班が丸々警護にあたるだけでなく、アドバンスに一班も投入したレオンハルトの警護状況は、他係まで話が伝わっているのだろう、大がかりなことだとでも言いたげな視線を向けられたが、蒡は無視した。

警護にあたる人員の数は、警護対象者の肩書には比例しない。そのときどきの危険度数に比例するものだ。

ドア横に立つ蒡の傍らに、音もなく室塚が歩み寄る。

「俺たちは動く壁だ。考える必要はないと思ってる」と、ふたりにだけ聞こえる声で、らしくない話をはじめた。

「だが、部下の命も預かる身で、わけのわからないまま危険な任務を承諾するのは無責任とも考える」

「室塚……？」

普段は寡黙な男が、任務の是非に言及するなど、これまでにないことだ。だから、彼が何を言いたいのかは、皆まで言われずともわかった。

「ミスター・ヴェルナーとは、大学の同級生だったな。貴様は幼少時、短いがドイツに住んでいたと聞いている」

莠がいるから、こんな任務が下されたのだろう？　と、確認される。

「巻き込んですまない。だが、私にもなぜこんな任務が言い渡されたのか、どこからの圧力なのか、どういう意味の圧力なのか……何もわからないんだ」

莠の言葉に、室塚は「そうか」と頷いた。

「大臣の目的は、ミスター・ヴェルナーの資金力だろうな」

「ああ……」

それだけは間違いないだろう。

だが、それ以上は室塚にも言えない。なぜ自分の存在が、レオンハルトへの圧力たりうるのか……過去には言及できない。

「水源を中心としてあれだけ日本の土地を買い漁っていれば、どこから恨みを買ってもおかしくはないだろうが……、明日は動きがあるかもしれない」

水源という単語が、いまさらながらに耳についた。日本の水源を、某大国が金に飽かせて買い漁っているという報道を耳にしたことはあるが、最近はそれもなりを潜めている。海外においては、有名なミネラルウォーターのブランドとなっている水源が、大手の飲料メーカーに買い取られたことが問題となった前例もある。

「わかってる」

明日、特別なスケジュールが組まれている。公式な来日ではないために、今回はテレビや雑誌の取材は一切受けていない。だから、レオンハルトが公の場に出ることは今日までなかったのだが、明日は母校での特別講演が予定されているのだ。

恩師の依頼で断れなかったと聞いている。莠も知っている、好々爺《こうこうや》然とした人格者の老教授だ。たしかに、断りにくいだろうし、レオンハルトが断らなかった理由もわかる。

だが、人前に立つということは、それだけ狙われやすいということだ。

人の出入りを考えれば、駅前のホールや会議場などではなく大学の講堂で行われるのがせめてもの幸いだが、警護しやすいかといえば否だ。

「何があっても、責任は自分がとる。皆に迷惑はかけない」

レオンハルトの動く壁は自分だ。自分が楯になればいいし、万が一のときには自分が責任をとるだけだ。

だから、理不尽な命令かもしれないけれど、もうしばらく我慢してほしい。莠は、心のなかで頭を下げた。

「警護はチームでするものだ」

それだけ言って、「交代の時間だ」と室塚は踵を返す。仲間を頼ればいいと言われたのだと、理解した。ありがたいと思った。


特別講演は、午後一スタート。

この日、壇上で映えるようにとの選択だろう、レオンハルトに施されたクラウディアのスタイリングは、いつもより明るい色めのスーツだった。豪奢な金髪と相まって、眩《まぶ》しささえ感じる。

世界的に有名なイタリアの職人にオーダーしたというスリーピースは、レオンハルトの鍛えられた体軀にぴたりとあって、長身をより大きく見せる。

世界経済を牽引する若き経営者という肩書に見合った風貌は、女子学生のみならず男子学生の目をも奪うに違いない。

一方の莠たちSPは、ダークスーツに赤いネクタイ、襟元にSPバッジという、SPの制服ともいえる、あえてわかりやすい恰好を選択した。

大学という場所柄、場の雰囲気を汲《く》んでほしいと、学校側からの打診もあったが、申し訳ないが却下させてもらった。姿を見せつけることで危険を回避するという、あえて威圧的な手法をとることにしたのだ。

そのほうが警護しやすいのはもちろんだが、聴衆に与えるイメージ的にもマイナスどころかプラスだろうと、莠の提案に最初に同意したのはクラウディアだった。

壇上に立つレオンハルトの左右に、莠と部下一名が立ち、他の班員は場内に展開、場外は室塚班が担当する。

恩師である老教授とは、打ち合わせ代わりのランチミーティング。

とはいっても、教授室で本に埋もれているのが一番落ち着くという老教授に合わせて、狭い教授室内で、店屋物をとってのランチとなった。老教授は鰻重《うなじゅう》が大好物だ。それも、関西式の腹開きした蒸していないもの。

「昔から思っとったが、きみは日本人以上に綺麗に箸《はし》を使うのぉ」

自分用には鰻重ではなく白焼きをオーダーしたレオンハルトが器用に箸を使うのを見て、老教授が満足げに頷く。

「教えてくれた人がいましたから」

「ほほう……浮いた噂を聞かんのを不思議に思っとったが、すてぃな美人がおったのか」

指摘されたレオンハルトは、「美人限定なんですか?」と笑って返す。

老教授の古い言いまわしに噴き出しかける以上に、心臓が跳ねあがって、ドアの前に控えていた莠はぐっと拳を握った。そんな内心の動揺に気づいたわけではないだろうが、老教授が視線を寄こす。

そして「やっぱりそうじゃ」と頷いた。

「きみは氷上くんじゃろう？　法学部一の秀才。レオンとよく一緒におったから覚えているよ」

大学時代は、あまり深く考えず、一緒にいられる時間はいつもレオンと一緒だった。覚えている人がいてもおかしくはない。

「……ご無沙汰《ぶさた》しております。ごあいさつもせず申し訳ありません」

立場上口を開けなかったことを詫びると、老教授は「気にせんでいい」と笑った。

「国家公務員試験に余裕で合格だと言われていたのに、試験を蹴《け》ってノンキャリアで警察学校に行ってしもたと、あのあと教授会でもよく話題に出とったからなぁ。ＳＰとは……ふむ」

少し考えるそぶりを見せて、老教授は湯気を立てる湯呑《ゆのみ》を手に、ニカッと笑う。

「官僚より、合っとるかもしれんよ」

いい顔をしていると言われて、莠はゆるり…と目を見開いた。

「ありがとうございます」

皺の奥に隠れた小さな目には、何もかもを見透かす力があるようだった。

「時間じゃな」

教授の合図で、一同が腰を上げる。

「マルタイ、出ます」

『了解』

通路をかためる部下から応え。

「お気をつけください」

ドアを開ける前に再度注意を向けると、レオンハルトは碧眼を細め、ふっと微笑んだ。

「何があってもきみが護ってくれると信じているよ」

そして、莠の襟元につけられたSPバッジを指先でそっと撫でる。

「ご期待に添えるよう、努力します」

それ以外に返せる言葉もないのだが、嘘偽りない本心だった。万が一のときには、たとえ楯となってでも、護ってみせる。

肩にのせられた大きな手にぎゅっと力が込められる。

「行こう」

講演は質疑応答を含めて二時間の予定。集中力を持続するにはギリギリの長さだろう。話す側も聞く側も、護る側も。

この大学で一番広い講義室を使って、講演は行われる。聴衆は学生と職員のみ。一般客はなし。

レオンハルトが姿を現すと、いっせいに拍手が沸き起こった。だが、前後を挟んで歩くSPの存在に気づいて、歓喜のなかにいくらかの戸惑いが混じる。

「あれってSP？」

「警察なの？　ボディガードじゃなくて？」

「ＳＰって、一般人の警護はしないんだろ？　ドラマで言ってたぞ」

「ヴェルナー家の当主は、どう考えたって一般人じゃないでしょ」

「そうなの？」

女子学生たちの「素敵！」「雑誌で見るよりハンサムね〜」「背高〜い」などといった感嘆の合間に、先のようなヒソヒソとしたやりとりが混じっている。

レオンハルトの姿を視界の端に映したまま、莠は会場全体の様子を頭に叩き込む。

『配置完了』

無線に報告が上がる。

「了解」

登壇するレオンハルトの右手側に立って、客席の様子を見る。女子学生が五割、男子学生が四割、残りの一割は職員、といったところか。

天井の高い建物内、清掃などの管理のためだろう、二階に相当する窓の内側に、細い通路が設けられている。桟席として使えなくはないが、今は人の姿はない。

座りきれなかった、主に職員が、後方で立ち見している。なかには首からＩＤパスを提げた者もいて、仕事を抜けだして来ていることがうかがえる。

そのさらに後ろから、後方配置のＳＰが、周囲に注意を払っている。壁際にもふたり、客席の様子を横から見る恰好で配置されている。

そしてアドバンス部隊の数人が、学生に化けて客席に散らばっている。客席内から暴漢が襲いかかってきた場合を想定しての配置だ。

興奮のなかに緊張が入り混じった会場の視線を一身に集めて、レオンハルトはマイクを握った。

講演にはスライドも使われるため、彼の背後にはスクリーンがあり、スライド投影のためのノートパソコンは、最前列に座るクラウディアが操作することになっている。

「こんにちは、後輩諸君」

客席のひとりひとりと視線を合わせるようにして、レオンハルトが第一声を放つと、浮足だっていた客席にピーンッと緊張感が張りつめた。

いったん人目を集めたら、逃がさない、存在感。カリスマ的経営者である以前に、レオンハルトには貴族の血を汲むがゆえの高貴さが備わっている。そこに経営手腕が加われば、発する言葉の重みは他の企業トップの比ではない。

いずれ社会に出ていく、経済を学ぶ学生たちにとって、世界経済を動かす存在の生の声は、いくつもの退屈な講義を受ける以上に得るものがあるに違いない。

「先進国を中心に疲弊しきった経済状況がある一方で、今後ネクストイレブンと呼ばれる新興十一カ国が――」

この先、健全な経済成長が期待できる新興国への投資マネーについて、その問題点について、専門的かつわかりやすく説明してみせたかと思えば、グループ企業の在り方、将来的展望、今後の経営者に求められる資質などといった、事前に老教授のゼミに集まる学生から「訊いてみたいこと」として集められていた内容を取り交ぜて、話を展開させていく。

「ところで――」と、話の途中でレオンハルトが、ふいにそれまでといくらか口調を変えた。

「このなかで、十カ国以上の渡航歴のある人は、どれくらいいるだろうか？」

客席から多少遠慮がちに手が上がる。莠の印象としては、思った以上に多かった。

「では、二十カ国以上は？」

今度はまばらに手が上がった。

幼少時から、盆休みや正月休みのたびに海外旅行を経験していたり、何度かの周遊旅行の経験があれば別だが、二十カ国となるとなかなか難しいだろう。

「経済に関する知識を身につけることも大切だが、現地の空気に触れることは、活字で多くを学ぶ以上の価値があります。私自身、日本への留学経験は今の仕事に活かされて――」

耳に心地好《よ》いトーンの声が、聴衆をぐいぐいとひき込んでいく。

企業トップは、社員の前で話す機会も多い。パーティなどでのあいさつの機会も多い。話しベタでは務まらないし、声質がいいと印象がまるで違う。

アジテーション《煽動使嗾》というと聞こえが悪いかもしれないが、一種のそれに近い、力強さがある。その牽引力に身を任せていれば安心だと思わせてしまう、絶対的な指導力だ。

カリスマ的なトップの存在が企業にとってプラスなのかマイナスなのかという議論はあるのだろう

が、十年のときを経てはじめて、実業家としてのレオンハルトの姿を間近に見ることがかなった莠には、贔屓目なしに、そう感じられた。

十年前の別れも無駄ではなかったと、自己満足できる。

そう、これは自己満足だ。自分などいてもいなくても、レオンハルトの今日の成功はあっただろうし、自分ごときが彼の人生に影響を与えられるなどと、考えるほうがおこがましい。

だから、どこの誰が考えた策かは知らないが、自分をレオンハルトの傍近くに置いたところで、なんの圧力にもなりはしないし、彼の進む先を阻むことも不可能だろう。それを可能にするただひとつの手段——彼の命を奪うことも、自分が傍にいる限り、絶対的に不可能と言いきれる。

『こちらB地点、不審車両の検索に入る』

『了解』

部下の指示に応じているのは室塚だ。大学側の許可証を提示せずに駐車している車がある、ということだろう。

『B地点、業者の車と確認』

『念のため、車両ナンバーを照会する』

『了解。品川ナンバー、白のワゴン——』

間違いなく業者の車であることを、登録情報から確認するのだ。

こうした細かなやり取りが、ずっとイヤホンから流れつづけている。危険の可能性を全SPに知らせ、警戒を怠らないように注意するためだ。

完璧にも思える警備体制にあって、蒡の懸念はただひとつ、狙撃《そげき》だった。

ハンドガンを使用しての襲撃なら、射程距離の問題もあって、襲撃犯の確保がしやすいが、狙撃となると、マルタイを護ることがかなっても、犯人逮捕にはいたらない可能性が高くなる。

神経を研ぎ澄まし、左右の耳でそれぞれ違う音を聞き、レオンハルトに向けられる感情を鋭敏に捉える。

たとえ相手がプロだったとしても、殺意を完全に消し去ることは不可能だろう。

――レオン……。

胸中で男の名を紡いだタイミングだった。

――……っ！

蒡の研ぎ澄まされた神経が、ザラリ…と神経を逆撫でするような、嫌な感覚を感じ取る。

――どこだ……。

どこから、この嫌な気配の持ち主は、レオンハルトを見ている？

視界の端、レオンハルトの肩口に、赤い点を見つけた。ロックオン――ライフルの照準だと咄嗟に判断する。

それがスッと上に上がって、側頭部を狙われている……！　と駆け出そうとしたところで、聴衆の間から起こった「きゃあ！」という悲鳴に邪魔された。

キャップを深くかぶった男。すり鉢状になった座席の間に設けられた通路を駆け出してくる。その手には、拳銃。

視界の端、レオンハルトの側頭部を狙う赤い点も消えていない。

それだけのことを、コンマ数秒のうちに確認した。

「レオン……！」

壇上に駆け上がって、タックルするように、演台の影に身を投げた。

鈍い音を立てて演壇の端に着弾したのは、ライフルではなく、ハンドガンの弾だった。

途端、会場が悲鳴に包まれる。パニックに駆られた聴講者が、逃げまどいはじめる。

暴漢はふたりか…と考えたところで、二発目が足元に着弾した。拳銃はともかくライフルのロックオンはまずい。

狙撃は二階の桟から。それを避わしつつ、拳銃の男を……。

頭で考えるより早く、身体が動いていた。

サッとホルスターから拳銃を抜きとった莠は、演台の影にレオンハルトを押し込めたまま、暴漢の前に身を翻した。

銃声は四発。ほぼ同時。

拳銃を構えて演壇に駆け寄ってきていたキャップをかぶった男の身体が吹っ飛んだ。同時に、莠の頬を銃弾がカマイタチのようにかすめる。

残りの二発は、桟のあたりで響いた。上の方から、低い呻きと、ドサリッと何か重いものが倒れる音。

蒡に利き手側の肩を撃ち抜かれて弾き飛ばされた暴漢に、次々とSPが飛びかかる。

『狙撃犯確保』

蒡が、「襲撃犯確保」「マルタイの安全確保」の指示と報告を無線に上げるより早く、室塚の声が聞こえた。

二階の桟から狙う狙撃手にいち早く気づいて駆けつけたのは、室塚だったらしい。

『狙撃犯の仲間のものと思われる車と運転手を確保しました！』

周辺警備の担当地点からも報告が上がる。それに「了解」と返して、部下のSPに周囲を固められたレオンハルトを振り返った。

「怪我は？」

「大丈夫だ」

思いがけず落ちついた声が返る。

「マルタイを安全な場所へ」

部下に指示を出す、蒡の肩越しにレオンハルトが碧眼を眇める。何を見ているのか…と首を巡らせて、彼を襲った銃撃犯だと気づいた。

「いけない！」

叫んだかと思うと、レオンハルトはＳＰの包囲を振りきり、莠の脇をすり抜けて、ＳＰたちに両脇を抱えられて連行されようとする暴漢に駆け寄る。そして、その口に手を突っ込んだ。

「……っ！　ふ…がっ！」

力いっぱい噛みつかれて、レオンハルトの手から鮮血が滴る。

「なにを……っ」

「自爆だ！」

はやく猿轡《さるぐつわ》を！　と言われて、唖然としていた部下のひとりが、慌ててポケットを探った。ハンカチを取り出す。

我に返った莠は、「それじゃ間に合わない」と、自身のネクタイを抜きとった。

「奥歯に信管を隠してる」

奥歯を噛み締められないようにすればいい、ということだ。

暴漢に猿轡を施しながら、「爆対を呼べ！」と叫ぶ。それを受けた部下が、爆発物処理班に出動要請をかけた。

「救急車！　まだか！」

さらに叫びながら、レオンハルトの手を引き寄せ、怪我の状態を確認して、ハンカチで応急処置をする。雑菌が入る危険性を考えると、あまりいい処置ではないのだが、この場合はしかたない。

「なぜ自爆するとわかった？」

なぜ気づいたのかと、間近の碧眼を見やる。

「昨年、砂漠地帯を査察したときに、同じ目に遭っているのよ」

淡々と答えたのは、女性ＳＰに付き添われたクラウディアだった。

「……本当ですか？」

思わず訊き返していた。

「そのときは、雇ったボディガードがふたり犠牲になったわ」

軽い口調だが、その声音は重かった。

襲撃が成功すればそれでよし。確保されたときには、襲撃対象はもちろんボディガードたちが集まったところで自爆する。

そんな命令を受けた襲撃犯は、いったいどんな組織に属しているというのか。テロ組織なら、さもありなんと納得もするが、国家機関となったら目も当てられない。

「連行しろ。自殺に気をつけるよう……」

蒡の指示で部下が襲撃犯を引き起こす。すると、講堂の通路を、一種独特の雰囲気をまとった男たちが、こちらへやってくるのが見えた。

「公安……」

どうやらこの襲撃事件は、公安マターと決まったらしい。

「そいつを引き取らせてもらう」

公安刑事の横柄さには慣れている。

「どうぞ」

そもそも警護課は警護対象者を護るのが任務であって、襲撃犯の取り調べなどその後の捜査は、常から刑事部や公安に任されているのだ。死人が出ていないのと、襲撃犯がプロと推察される――暗殺のプロという意味ではなくSP同様に組織的な訓練を受けている、という意味だ――ことから、公安扱いとなったのだろう。

「深いの？」

蒡が結んだハンカチに滲む血を見て、クラウディアがレオンハルトを気遣う。

「たいしたことはない」

彼女を安心させるように、レオンハルトはウインクを返した。

かけらの怯《おび》えもうかがえない男の胸元を摑んで殴り倒したい衝動に駆られながら、蒡はどんどん広がっていく赤い血の滲みを睨むように見据える。

これまでに、どれほどの危険がレオンハルトの身に降りかかっていたというのか？

自分は何も知らずに、華やかな世界にいる男の姿だけを、瞼に思い描いていた。己の甘さに臍を嚙む思いで、蒡はぐっと奥歯を嚙み締めた。

後日、襲撃事件のあらましが、大きく報道されることはなかった。

国家的圧力が働いた結果だ。

それだけでなく、公安が連行したはずの襲撃犯ふたりは、取り調べ途中で自殺した。ありえないことだった。

口封じだと、誰の目にも明らかだったが、それを指摘する者はいなかった。

公安も、何がしかの裏取引をしたはずで、それが国家的にどんな利益があるのかなど、裏世界に生きる者以外にわかるはずもない。

さらにしばらくのち、元大臣の経歴をもつひとりの政治家が、病気を理由に引退を発表した。

それと前後して、警察庁と警視庁の上層部において、季節外れの人事異動が数件発表になった。

関連省庁においても事件がらみの人事はあったのだろうが、数ある異動のなかに紛れて、その構図を浮き上がらせることはなかった。

5

病院での治療と、公安刑事による簡単な聴取を受けたあと、一行がホテルに帰りついたのは深夜近くになってからのことだった。

レオンハルトの左手には、痛々しい包帯が巻かれている。彼の利き手は右だ。咄嗟に利き手とは逆の手を使うだけの冷静さが、あのときのレオンハルトにあったということだ。

それだけではない。腰を抜かした老教授を気遣い、巻き込まれた聴衆を気遣い、しまいには一筋の血の痕の残る萼の頬に手をやって、傷が残らなければいいが…と呟く始末。

他人を気遣っている場合かと、思わず罵声《ばせい》が飛びだしそうになった萼のかわりに、「お怪我は？」と確認をとったのは常に冷静な室塚だった。

そんな状況で、ホテルに向かう車中においては、もはやひと言の言葉もなかった。

警戒度を増して増員された警護の指揮は課長が直接とることになり、氷上班と室塚班には交代が言い渡された。それでも責任があるからと、ホテルまで付き添ってきたのは、もはや萼の意地だ。

さすがのクラウディアも疲れた様子で、早々に部屋に引っ込んでしまった。萼は、片手が使えないことで身の周りに困ることがあるだろうと、レオンハルトの部屋に残ったのだが、ふたりきりになったとたん、イライラと落ちつかなくなった。

レオンハルトがスーツのジャケットを脱ぐのを手伝って、それに気づいた。上質な生地の肘《ひじ》と肩のあたりが擦り切れてしまっている。さすがに仕立てがいいようで、穴が開いたり破れたりはしていないが、これだけ生地が傷んでしまったら、二度と袖は通せないだろう。

だが、スーツはつくりなおせばいい。

そもそも同じスーツに二度袖を通すことがあるのかないのかもわからないのだから、もったいない…などと考えるのも馬鹿《ばか》らしいというものだ。

レオンの左手は、渾身の力で噛みつかれたらしく、縫うほどの大怪我だった。

自爆の可能性に気づかず、警護対象に護られた上、怪我までさせてしまったのは、すべて自分の落ち度だ。

それはわかっている。だから、課長には自分の責任だと報告したし、レオンハルトとクラウディアには病院で頭を下げた。

自分は処分を待つ身だ。何を言う資格もない。それがわかった上で、莠は、あえて口を開くことを選択した。

「なぜだ？」

ネクタイのノットに指を差し込んでゆるめつつ、レオンハルトは「なぜ、とは？」と飄々《ひょうひょう》と訊き返してくる。

「なぜこんな目に遭っている？　なぜおとなしく護られていなかった？　なぜこうなるとわかっていて日本に来た⁉」

ＳＰの顔を脱ぎ捨てて、芳は叫んでいた。

レオンハルトはいったん手を止めたものの、芳を振り返りもせず、ミニバーからウィスキーのボトルを取り出してグラスに注ぎながら、「仕事のためだよ」と、聞くのも馬鹿らしい言葉を返してくる。

「ちゃんと答えろ！」

命の危険を犯してまで、しなければならない仕事なのか？　たしかに世のなかには、そういう仕事もあるだろう。警察官やＳＰや消防隊員など、端《はな》からその覚悟で勤めている者はいい。だが、レオンハルトは世界的大企業のトップで、そんな危険を犯してまで現場に立つ必要のない人間のはずだ。

「やつらは、素人じゃなかった。訓練されたプロだ。その意味がわからないとは言わせない。どこぞの国家機関が、おまえの命を狙っているということだ！」

わかっているだろうに！　と地団駄を踏むように訴える。レオンハルトは、氷も入れずにグラスに注いだだけのウイスキーを一気に呷《あお》った。

「……⁉　アルコールは……っ」

傷にさわる！　と、手を伸ばしてグラスを取り上げる。

芳の睨み据える瞳に根負けしたかのように、レオンハルトはようやく口を開いた。

「さる入札で某国の企業と争って、ついうっかり勝ってしまってね。恨みを買ったらしい。もともとは国営の企業だったのもあって、国家機関へのコネは太いんだろう」

「……それだけか？」

その程度ではないはずだ。それなら、企業活動に対して裏から圧力をかければ済む。

「似たようなことが、二度、三度、四度……」

指折り数えはじめたレオンハルトの茶化した様子に、我慢ならず、その手をはたき落とした。冗談口調で聞ける話ではない。

「先日契約した案件で、ちょうど十回目だ。いいかげん堪忍袋の緒が切れたんだろう」

ここ最近レオンハルトが進めている日本の山林購入に際して、因縁浅からぬ関係にあった某国企業が、荒っぽい手段に出てきたのだろうと言う。

「十回って……どうしてそんなに……」

そこまでして、日本の土地を買う意味とはなんだ？

たしかに、日本の土地開発にはさまざまな問題があって、無駄も多ければ、後手後手になって諸外国にしてやられる場面も多い。最近ではアジアの大国がバブル資金の投資先として、日本の山林や別荘地を買い漁っているとも聞く。

だが、レオンハルトの会社の本拠地は欧州で、アジアにも多くのリゾート施設を展開させてはいるものの、規模的に見て、日本が魅力的な場所とも思えない。

とくに北欧や中東地域において、日本や日本文化はブームで、日本食のみならず、音楽や伝統文化などの輸出も多くなっている。そうした影響で、行ってみたい国として日本の名が挙がることも多いと聞くが、だからといってレオンハルトの日本への投資金額は半端ではない。しかも、いまだもって、一部を除いてほとんど開発に着手していないのだ。

これではまるで、十九世紀にイギリスで起こったナショナルトラスト運動のようではないか。乱開発から自然を守るために土地や施設を買い取り、保護する。

――保護……？

バラバラだった情報と情報が繋がって、蒡のなかでひとつのかたちを成す。

「もしや水源……？　けど、あの話は……」

山林が外国資本に買われることで、日本の水源が危ういと、主張する学者がいる。それは事実とは多少違うらしいが、ありえないことではないと懸念する声もある。

だから、水源となる山林は国家が所有すべきで、けれど昨今の不景気もあって、高く買ってくれる相手なら誰でもいいと、売ってしまう土地所有者が多いのだ。国が買い取るより民間企業が買い取るほうが高い値がつく例はままある。

「レオン……？」

答えを求めても、レオンハルトの口は引き結ばれたまま。答える気がないのかと思ったら、どうやらそうではなかった。

渋い顔で考え込んでいたレオンハルトが、音を立てないように部屋を横切って、おもむろにクラウディアの部屋のドアを開ける。

鍵のかけられていないドアは抵抗なく開いたものの、そこに見た光景に、蒡は目を瞠った。

ドアに耳を欹てる恰好で、着替えすら済ませていないクラウディアが、そこにいたのだ。

「盗み聞きはやめてもらおうか」

「あら、気づいてたの」

開き直った態度で、クラウディアが長い髪を掻き上げる。少し印象が違うと思ったら、いつもは後ろでひとつにまとめている髪が解かれて、豊かな金髪が背中に垂らされていた。そうして見ると、髪の色も目の色もレオンハルトと同じで、豪奢極まりない。ふたりが並ぶと、なんとも迫力がある。

「いいかげんにしてくれ」

「なによ。あなたがあんまりヘタレだから、心配してあげたんじゃないの」

長嘆を零すレオンハルトに、クラウディアが容赦なく言い放つ。蒡は、啞然と聞いているよりほかない。

するとクラウディアが、先にレオンハルトが答えなかった蒡の問いに対して言及しはじめた。

「水源という着眼点はさすがね。でも、本質はもっと単純な話よ」

「おい……っ」

レオンハルトの制止は完全無視。クラウディアの言葉は、蒡に向けられていた。

「単純……？」

レオンハルトを押しのけてつかつかと歩み寄ってきたかと思ったら、クラッチバッグを開いて、ポストカードサイズのものを数枚取り出す。

「はい、あげる。見覚えあるでしょ？」

「いつの間に……っ」

抗議の声を上げたのはレオンハルトだったが、クラウディアは取り合わない。

「これ……」

見覚えがあった。豊かな自然のなかにたたずむ別荘。記憶のなかの映像と違うのは、庭が整えられ、裏手へとつづく散策路が設けられているところだろうか。

「想い出の場所でしょ？　忘れるはずないわよね」

含みの多い口調だった。はかりかねた葵が怪訝な顔を向けると、クラウディアの口許がニンマリと笑みを模《かたど》る。これまで見たことのない、悪戯で実に愉快そうな笑みだった。

その口から、とんでもない言葉が紡がれて、葵は驚きに目を見開いたまま固まった。

「はじめての夜をすごした場所だもの。覚えてるでしょう？　よかったら行ってきたら？　しばらく自宅待機なんでしょ？　必要な契約も取りつけたし、この子にもお休みをあげないといけないから、ちょうどいいわ」

クラウディアが「この子」と、まるで子ども扱いで示したのは、当然レオンハルトだ。言われたレオンハルトは言葉もない様子で目を瞠ったかと思えば、渋い顔で眉間に皺を刻み、返す言葉を探している。——が、探しきれないようで、むっつりと口を噤んだ。

——はじめての、って……。

耳まで熱くなるのがわかった。クラウディアには過去に気づかれているのではないかと思っていたが、よもやそんなことまで知られているなんて……。

「あなた、は……」

「誤解してたわよね。私がこの子の恋人だって。歳はずいぶん離れてるし、それにほら、わかると思ってたんだけど」

そう言いながら、彼女は長い金髪を揺らして見せる。「同じでしょ」と言われて、蒡はゆるり…と目を見開いた。

「姉だ」

我慢も限界とばかりに口を開いたのはレオンハルトだった。

「この子が生まれる前に、私の母は離婚してヴェルナーの家を出てしまったの。でも、私たちは交流があって、あなたの話はいつも聞かされていたわ」

同性と付き合っていると、レオンハルトが告白したことはなかったけれど、でもすぐにわかったと言う。レオンハルトの眉間の皺が深まった。

いつの間にそんな細部まで調べていたのかと、姉の所業に呆れているのか怒っているのか。歳の離れた姉はまるで母のようで、逆らえない相手なのかもしれない。

「お姉…さん……」

そうだったんですか……と、莠には呟くことしかできない。そんな莠に、クラウディアはさらなる暴露をつづける。

「その物件が、最初だったのよ」

「……最初？」

「某国資本の手が伸びているって聞いて、その別荘地だけじゃなくて、周辺一帯ごと高値で買い取ったの。絶対に入札負けしない金額でね。この子にとっては、それだけの価値のある案件だったってこと」

それがきっかけとなって、日本の自然に乱開発の危険が迫っていると知った。日本の企業でも危ういというのに、世界中に汚染をまき散らしている大国の手になど落ちようものなら、どんな開発がなされるかわかったものではない。

ドイツは、自然保護やオーガニックなどの意識の高い国だ。レオンハルトの目には、耐えがたく映ったに違いない。

「それで味をしめちゃったみたいで、次から次へと……面子を潰された某国が怒って工作員を指し向けてきたって、自業自得よ。全部、自己満足でやってることなんだもの」

そこに目をつけたのが、大国との関係に四苦八苦する日本政府だった。国土を外国資本から守るのは最重要命題だが、大国と事を構えたくはない。

そんな折に、無関係の第三者がまるで慈善事業のように日本の土地を買い漁り、結果として魔の手から逃れることがかなっている現実があるとなれば、酔狂な事業家を矢面に立たせて、自分たちは知らぬ存ぜぬを決め込もうと考えるのが、政治家のやり口というものだ。

レオンハルトの来日に際して、おおっぴらに歓迎はできないものの、今の状況で彼が暗殺されても困る日本政府がSPを派遣した。そのときに、勝手はするなと釘《くぎ》を刺す意味で、蒡を傍に置いた。どこまで調べたのか…と、悩むまでもない。公安なら、どんな過去もほじくり返す。レオンハルトとの過去は、すべて知られていると考えるのが妥当だろう。

「そんな……それじゃあんまり都合よすぎ……」

蒡が呆然と呟くと、クラウディアが「そうでしょう」と大仰に同意する。

「でも、そこは一筋縄じゃいかない男だから。結果的に巡り巡って利益は出ているのよ。でなかったら、こんな勝手、筆頭秘書として私が許さないわ」

上手《うま》く利用されて、奉仕させられているだけではない、すべては事業家として勝算あってのことだという。だが直截的な利益がもたらされるのは、まだもう少し先だろうと、クラウディアは言葉を付け足した。

「可愛い弟の純情に免じて、大目に見てあげてるの」

純情？　と蒡が怪訝そうな顔をしても、クラウディアはそれ以上の説明をくれない。「あら、もうこんな時間」と腕時計を見て、クラッチバッグから慌ただしくコンパクトを取り出し、化粧が崩れていないことを確認する。

「私、ラウンジで呑んでくるわ。さっきのSPの彼女と意気投合したの。彼女もバツイチ子持ちなんですって」

「バツイチ」と「子持ち」という単語が耳にひっかかったが、これもまた説明なしだった。

だからごゆっくり、とクラウディアはふたりを残して部屋を出て行く。――が、ホッと息をつくまえにまたドアが空いて、「SPひとり、借りていくわね」と声がかかった。

「あ、はい」

だが、すでに任を解かれている蒡は、拳銃はもちろん、無線も装備していない。廊下に立つ面々が対処するだろう。

ドアが閉まる音につづいて、鍵のかかる音。

広い部屋にふたり取り残されて、気まずい空気が襲う。

ミニバーに向かったレオンハルトが新たなグラスにウイスキーを注ごうとするのを見て、蒡は駆け寄ってその手を摑んだ。

「ダメだっ」

さっきも言ったのに…と、睨み上げる。

もの言いたげな碧眼とぶつかって、慌てて逸らした。

放した手を逆に摑まれて、身動きがかなわなくなる。

グラスを置いて、レオンハルトは莠に正対した。

「言うつもりはなかったんだが……クラウディアに全部バラされてしまったな」

全部本当だと、ようやく認める。

「彼女に子ども扱いされてもしかたない。単純な行動原理だよ。——今でもきみを愛している」

青い瞳が莠を映す。けれど莠は、それを見返せなくて、俯《うつむ》いたまま。かといって、摑まれた手を振りほどく勇気もない。

「そんな……どうして……」

ヴェルナー家の嫡子として、これまでに数々の出会いがあったろう。家のことを考えれば、将来の伴侶《はんりょ》も必要だ。

十年前、別れを切り出したのは自分で、あのときレオンハルトは、「莠が決めたことなら」と、それを受け入れたはずだ。なのにどうして、こんな状況が起きるのか、莠には理解できない。

「あのときは、なにを言っても無駄だと思った。きみはすべてをひとりで結論づけてしまっていて、強引に関係をつづけていても、きっと上手くいかなかっただろう」

ならば、莠が不安を覚えないくらいに、周囲に有無を言わせないほどの、男になればいい。レオンハルトはそう考えた。

莠が切り出した別れは、決して嫌い合ってのものではないと、あの時点でわかっていたから。

「きみも、同じ気持ちのはずだ」

「なに…を……」

バカな…と、ゆるく首を横に振る。

「ご冗談もほどほどになさってください。私には――」

「上司からの見合い話もひっきりなしで、出世に最良の相手を物色中？　嘘だね。きみにそんな結婚は無理だ」

だから、いまだに独身なのではないかと指摘されて、蒡は肩を強張らせた。

同期のなかでも出世頭の蒡には、これまでにいくつもの見合い話があったし、そうでなくても婦警人気は高いから、傍目《はため》には相手に困らない状況があった。だが、蒡はそのどれも断って、ひたすらストイックにこの十年を生きてきた。

「洋服を変えるように女性を替えて、浮き名をながしつづけてきたあなたとは違う、それだけのことです」

思わず言ってしまって、嫉妬以外のなにものでもないセリフだと気づいて後悔する。だが、いったん口をついて出た言葉は還《かえ》らない。

「気にしてくれていたの？」

「……っ！」

愉快そうに訊かれて、ぐっと唇を噛んだ。

「まさか……っ、自分は……っ」

見合い話を受けなかったのは、危険な任務についているからで、警部補に昇進してからは、かなり本気で結婚相手を探していた。たまたまいい相手がいなかっただけのことだ。

そんな言い訳をしたところで、通じるわけもないのに、言わずにいられない。だが語尾は掠《かす》れ、徐々にしどろもどろになっていく。

そもそも、国家公務員試験にパスできる能力を持ちながら、それを蹴ってノンキャリアで入庁した時点で、出世したいなどという言い訳がきくはずもない。終生の現場勤務を希望したからこその選択だったのだから。

らしくない…と、莠は悔しさに駆られた。自分はもっと、はっきりとものを言うタイプのはずなのに。こんなはずではなかったのに。

「……っ」

とうとう言葉に詰まって、莠は黙り込んでしまった。

頭上から、クスリと笑みが落ちてくる。気が済んだかと、言わんばかりの反応に、ムッとして顔を上げた。

不用意に、碧眼と見つめ合ってしまった。ドクリと、心臓が音を立てる。

細められた碧眼の中心に、自分が映されている。

摑んだ手を引き寄せて、レオンハルトが莠の痩身を広い胸に囲い込む。そして、鼻先を寄せて、甘い囁き。

「しかたないさ。誰も、きみのかわりにはなりえなかったんだから」

この十年、赤い糸で繋がった相手が、もしかしたら別にいるかもしれないと、考えたこともあったけれど、結局蒋以上の存在には出会えなかったのだからしかたないと言う。

言い訳にしかならないけれど、付き合いのあった女性は誰も、仕事上、家同士の関係上、利害のあった相手ばかりだ、と……。

「十年。考えるには、充分すぎる時間だろう？」

十年経って、答えは出たのではないかと言われて、蒋はゆるり…と目を見開き、長い睫毛を瞬いた。

十年前、まだ子どもだったふたりには、別れる以外の選択肢がなかった。けれど今なら、違う未来を選択することができる。

今なら、いいというのか？　この手をとっても？　世間を敵にまわしても？

「無理だ……だって、きみは……」

代々繋いできた血脈はどうなる？　名門ヴェルナー家の名は？

「ヴェルナーの名が気になるなら、捨ててもいい」

「な……っ!?」

驚きに言葉をなくす蒋に、レオンハルトはさしたる問題でもないとばかりに事実を口にする。

「ヴェルナー直系の血なら、クラウディアの子が受け継ぐ。私が妻《めと》を娶る必要はない」

それはクラウディアも承知していて、それを条件に、今クラウディアはレオンハルトの傍で助けになっているのだと教えられた。

家柄が家柄だ。お家騒動はままある。レオンハルトの父が亡くなったときにも、当然あった。だから唯一の味方として、姉クラウディアは今、レオンハルトの筆頭秘書の地位にあるのだ、と……。

「ほかに、きみに二の足を踏ませる問題があるなら教えてほしい。私は、どうしたらいい？」

「レオン……」

きつく抱き竦められて、莠は戸惑いと動揺と、そして歓喜に身ぶるいした。

もうダメだ……と思った。

認めるしかない。

今も胸に息づく想いがあることを。

十年前のひどい仕打ちを、詫びなければ……。

「ごめ…ん、ひどいことを言って……あのときのきみの顔が、忘れられなかった……っ」

十年前、別れを告げた日のレオンハルトの哀しげな表情を、なんど夢に見ただろう。そのたび罪悪感に押し潰されそうになって、自分の選択は正しかったのだと、ひたすら言い聞かせるよりほかなかった。

「忘れられなかった……ずっと、きみを忘れられなかった……っ」

十年の歳月程度で、消えるような浅い愛情ではなかった。

本当は、ずっと一緒にいたかった。けれど将来の不安に怯えて……結局は、自分が傷つくのが怖かっただけなのだと認める。あのときの自分には、どんな困難も乗り越えてみせると、言いきることができなかった。世間を知らない子どもには、あれが精いっぱいだった。

でも、長い年月をかけて育《はぐく》んだ愛を、そう簡単に捨てられるわけがない。

「まだ、愛してる……っ」

耳元で、低い呻き。

抱擁が強められて、息苦しささえ感じた。

歓喜の痺れが、全身を包み込む。

「蒡……っ」

切羽詰まった声。

顔を上げさせられ、掬い取るように唇を奪われる。

「……んんっ！」

腰にまわされた腕が痩身を引き寄せ、蒡は逞しい首に腕を巻きつけて、胸をぴたりと合わせた。

情熱的な口づけはかわらない。でも、濃密さは記憶にある以上で、この十年の時間に嫉妬を覚える。

自分の知らないレオンハルトがいる。レオンハルトの自分の知らない顔を見た女性がいるのだと考えたら、頭がおかしくなりそうだ。

「レオ…ン、レオン……っ」

咬み合うように口づけて、荒い呼吸に胸を喘がせる。

背を伝い落ちた手に双丘を揉《も》まれ、布ごしに狭間を探られて、莠は甘く喉を鳴らした。膝ががくがくと震えはじめる。

「この身体は、僕をまだ覚えているね」

クスリ…と、耳朶に落とされる揶揄。一人称が、公的な「私」から「僕」に変わって、昔を彷彿《ほうふつ》とさせるそれに、莠は身体の芯から昂るのを感じた。

悔しくて、嚙みつくキスを返す。

自分の経験値は、あの別れの時点からまったく増えていないというのに、レオンハルトは違うのだ。

不服を訴えるように広い胸を押しやって、背を向ける。

「莠？」

どうしたのかと怪訝そうにする男を置き去りに、大股に足を向けたのはレオンハルトのベッドルームだった。

乱暴にジャケットを脱ぎ捨て、ネクタイを抜いて、ワイシャツのボタンに手をかける。それを数個外したところで、後ろからふわり…とまわされた腕に制された。

「僕の楽しみを奪うつもりかい？」

「……っ、ノロノロしてるから……っ」

強がりも、限界だった。

「そう、じゃあ――」と愉快気な呟きが落ちて、後ろから拘束され、乱暴にワイシャツの合わせをはだけられる。ボタンが飛んで、それに気をとられた瞬間に、苦しい体勢で口づけられた。

はだけられたワイシャツの隙間から差し込まれた手が、しっとりと汗の浮いた肌を撫で、胸の尖りを探しあてる。

「……っ！　う…んっ！」

跳ねる痩身を片腕で拘束して、繊細な動きを見せる指が胸を捏《こ》ね、じくじくとした疼《うず》きを呼んだ。

「ここをこうされるの、好きだったね」

覚えているよ…と、嗜虐《しぎゃく》的な囁き。

十年経って、より意地悪くなったと、蒡は恨みがましく恋人を見上げるものの、艶を増した相貌には余裕の笑み。

「あ……んっ、や……っ」

胸をいじられただけで、下肢が反応している。恥ずかしめる手が下がって、腰を撫で、欲望の存在を露わにした。

「……っ、ふ…うっ、……はっ！」

欲望を握り込まれ、直截的な快楽を送り込まれる。もはや立っていられなくなって、背後に体重をあずけると、ふわり…と身体が浮いた。

「レオン……っ!?」

ベッドに引き倒され、その隙に乱されたワイシャツ一枚を腕にひっかけただけの恰好に剝《む》かれてしまう。全裸よりみだりがましい恰好でベッドに押さえ込まれ、白い太腿を開かれた。

レオンハルトがネクタイを引き抜き、ワイシャツをはだけ、逞しい肉体を露わにする。その胸元に、見覚えのあるものを見て、莠は目を瞠った。

けれど、それに言及する間も与えられず、悲鳴を上げるはめに陥る。

「ひ……ぁっ！」

しとどに蜜を流す欲望ではなく、その奥で息づく入り口に舌を這わされた。

昔から、そうされるともう、莠はぐずぐずに蕩けて、どんな行為も受け入れて、ただただ甘い声を上げるばかりになる。求められれば厭らしい言葉も口にしたし、自慰も奉仕もしてみせた。

けれど十年の歳月が、勝手を変えている。

「や……ぁっ、痛……っ」

長い指が挿し込まれ、内部を探る動きに悲鳴を上げる。

「キツイ…な。……莠？」

どうして？　と訊かれて、莠は腕で顔を隠すように身を捩った。

「いい……から、はやく……」

「ダメだよ。傷つけたくない」

言いながら、狭い内部を解すように指をうごめかす。

「う……ぁっ、あ……っ！」

ビクビクと跳ねる痩身。白い喉を震わせる喘ぎには苦痛が混じり、決して蕩けきってはいない。

「まさか、あれから一度も？」

レオンハルトが驚きとともに問いを落として、莠は身の置き場のない気持ちで唇を噛んだ。ただ「いいから、はやくっ」と繰り返す。

「莠、答えて」

レオンハルトの腕が強引に莠の顔を露わにした。真っ赤に染まった、みっともない顔だ。

武道の腕前なら、自分のほうが上だ。だから、本当に嫌なら振り払えるのに、身体の力が抜けてしまって、それもできない。それはつまり、莠がこの行為を受け入れている証拠だ。

「なんで、そんなこと……っ」

別れていた間のことなど、詮索《せんさく》しないのが大人というものだ。

無粋だと睨んでも、レオンハルトはひかない。それどころか、ぐいっと指を突き入れて、乱暴に内部をかきまわしはじめる。

「ひ……ぁっ、やめ……っ」

莠の感じる場所を探しあて、執拗に刺激する。

「あ……ぁっ、は……っ！」

やがて声に甘さが滲みはじめて、内腿が痙攣した。

「莠？　教えて。誰とも、しなかった？　キスも？」

ふるっと首を振って、絶対に答えないと拒絶する。けれど、指を増やされ、荒々しく内部を掻きまわされて、やがて思考が蕩けはじめる。

「ようやく、やわらかくなってきたね。けど、昔はもっと、厭らしく蕩けて、僕自身にきゅうきゅう吸いついてきた」

反応が違うよ……と笑われる。

「つまらないなら、そん…な、ことしなくて、い……」

面倒なら、前戯など飛ばして、はやく入れてくれればいいと二の腕を引っ掻くと、「泣かないで」と額に口づけを落とされた。

「つまらないなんて言ってない。新鮮だって意味だよ。きみはこの十年、誰ともこうしなかった。そうだろう？」

操だてなどと、そんなつもりはなかった。ただ、機会が持てなかっただけだ。そうして気づいたら、十年が経っていたのだ。

「きみのこんな顔を知っているのは僕だけだ」と嬉しそうに言う。自分は違うくせに。この十年の間に、数々の浮き名を流したくせに。

恨みがましげに見上げると、ククッと愉快気に喉を鳴らされる。

「すぐに思い出すよ。ここで、どんなふうに感じるのか」

いやらしい揶揄と、愛撫。なかを探る指はまたも増やされて、震える爪先がシーツを掻く。

「ひ……ぁっ、奥…が……っ」

「疼くの？　どうしてほしい？」

ひしっと広い背に縋《すが》って、この疼きをどうにかしてほしいと訴える。どうしたら癒《いや》されるのかはわかっている、太腿で逞しい腰を挟み込み、早く…とねだった。

上体を起こしたレオンハルトが、ワイシャツを脱ぎ捨てる。寛げられたフロントからは、記憶にある以上に猛々しいものが天を突いている。

そして鍛えられた胸元には、一本のチェーンに通された、二本のリング。見覚えあるそれが、莠の思考を蕩かせた。

問う隙を阻まれても、自分が捨てていったリングだと、すぐにわかった。

断ち切った愛の証を、レオンハルトは大切に保管してくれていたのだ。

膝を抱えられ、シーツから腰が浮く。

疼く狭間に押しあてられる、熱い欲望。火傷《やけど》しそうな、愛情の塊。

ズ…ッと脳天まで衝撃が突き抜けて、莠は悲鳴を上げた。

「ひ……ぁっ！　……あぁっ！」

狙いを定めたそれが一気に突き入れられて、背を撓《しな》らせ、喉を仰け反らせて衝撃に耐えた。

「あ……ひっ、痛……っ」

莠の悲鳴に眉根を寄せながらも、レオンハルトは一気に最奥まで貫き、馴染むのも待たず抽挿をはじめた。

「ふ……うっ、は……んんっ！」

やがて潤んだ内部がレオンハルト自身を包み込み、突き上げる動きに合わせて腰が揺れはじめる。

あふれる喘ぎは恍惚と、たっぷりの蜜を孕んだ甘さで、攻める男の鼓膜を焼いた。

「い……ぁっ、ひ……っ！」

最奥を抉られて、悲鳴とともに白濁が弾ける。

胸まで飛び散ったそれが、色づく突起を汚すさまは淫靡で、男の欲望を煽り立てる。

「ふ……ぁっ」

「……くっ」

熱い飛沫《しぶき》が内部を満たしても、埋め込まれた欲望は力を蓄えたまま、萎《な》える様子はなかった。その大きさを、締めつける内部がリアルに感じ取る。

余韻に震える内部がレオンハルト自身を締めつけ、もっと奥へと誘うように戦慄いた。一度果てても疼きはおさまるどころか、よりひどくなる。

「ん……ぁ、レオン……っ」

足りない…と、蕩けた思考が勝手な言葉を紡がせた。

「もとより、そう簡単には終わらせない。十年分、愛さなければいけないからね」

「無茶……、んっ」

抗議の言葉は啄むキスに阻まれる。

「無茶なものか。昔は一日中だって、抱き合っていただろう?」

体力の衰えを感じるには早すぎる。実業家として世界中を飛び回るレオンハルトが相応の体力を維持しているのはもちろんのこと、厳しい訓練を強いられるSPである蒡ならなおのこと。学生時代以上にタフなはずだと言われて、蒡は羞恥に瞳を潤ませた。

身体を引き上げられ、対面で抱き合う。

そうすると、綺麗な金髪とか青い瞳とか、独占したくてたまらないレオンハルトのパーツが一度に視界に入ってきて、昔の蒡は満足感に喉を鳴らしたものだった。

けれど、十年の間により艶を増した相貌は心臓に悪く、蒡は気恥ずかしさに耐えられなくなって、肩口に額をあずける。痩身を腰に抱き上げたレオンハルトは、下から滾《たぎ》った欲望を押しあててきた。

ゆっくりと、埋め込まれる。

「あ……ぁっ」

先の情欲が残された内部は滑りが良くなって、レオンハルト自身をすんなりと受け入れてしまう。

自重でさらに奥まで拓かれて、蒡は声にならない悲鳴を上げ、喉を仰け反らせて喘いだ。

その喉に、嚙みつかれる。

白い胸の上で尖る突起を捏ねられ、首筋に執拗な愛撫を降らされながら、下からはねっとりとした動き。長くかかる快楽への階段が、思考を痺れさせ、正常な判断力を奪っていく。

「ダメ……だ、もっと……っ」

もっと激しく突いてほしいと、ねだる言葉が零れ落ちる。口にしたあとで、自分が何を言ったのかに気づいて、蒡はカッと羞恥に頬を染めた。

「焦らなくても、いくらでもあげるよ」

「ひ……っ！」

下からズンッと突き上げられて、悲鳴が迸る。

それまでとは一変、がくがくと揺さぶられて、一気に放埓《ほうらつ》へと追い上げられた。

「——……っ！」

さきほど放ったばかりだというのに、内部を抉られて、また果ててしまう。

ぐったりと痩身を広い胸にあずけると、今度はうつぶせられ、腰だけ背後に突きだすような、厭らしい体勢をとらされる。

「あ……ぁっ」

双丘を割られると、注ぎ込まれた情欲があふれて、内腿を滴った。

狭間を硬いものが擦り上げる。

「ひ……っ！」

一気に最奥まで貫かれて、上体がくずおれ、シーツに突っ伏した。

「ふ…ぅっ、く……っ」

荒々しく揺さぶられ、三度目《みたび》の喜悦が押し寄せる。頭を擡げる欲望の先端から滴る蜜がシーツを汚し、肌と肌のぶつかる艶めかしい音が鼓膜を焼いて、より煽り立てる。

もはや声にならない喘ぎしか紡げない唇は、半開きのまま甘ったるい息を吐いて、蒡は縋るように引き寄せた枕に顔を埋めた。

すると、「もっと声が聞きたい」と、枕を奪われてしまう。

「ひ……ぁっ！」

一際深く突き入れられて、蒡は悲鳴とともに、三度目の放埓を見た。同時に、思考が白く掠む。

ハードな警護任務の直後に、十年ぶりだというのに容赦なく抱かれては、体力に自信があったとしても、無理がある。

「蒡？」

遠のく意識下にも、少し焦った声音が心地好かった。

意識を飛ばしてしまった蒡を抱き上げて、レオンハルトが足を向けたのはバスルームだった。

たっぷりと湯の張られたバスには、ローズオイルが垂らされ、深紅の薔薇の花弁が浮いている。どうやら、クラウディアの気遣いらしい。気遣いというか、遊んでいるだけだろうが。

蒡が意識を飛ばしていたのは、ごく短い時間で、気づいたら、レオンハルトの胸に抱かれる恰好で、バスタブに浸かっていた。

たっぷりの湯と甘い芳香が、身体の疲れを癒してくれる。

「気づいたかい？」

額にキス。

言いかけて、それに気づいた。

「ごめん、平気……」

湯のなかで、身体を繋げられていた。

「レオン!?　や……っ」

「でも……っ、……んんっ！」

「昔はよく、シャワーを浴びながら抱き合っただろう？」

滾った欲望に内部を擦られるものの、湯の浮力が邪魔をして、決定的な刺激にならない。

長くひきずる快楽に苛まれるうちに、莠はそれに気づいた。レオンハルトも気づいている。

「なん…で……」

たしかに快楽を得ているのに、莠自身は反応していない。いわゆるドライというやつだ。

「後ろだけで感じてる？」

前を確認されて、莠は「ひ……っ」と小さな悲鳴を上げた。

「さわる…な……っ、や……っ」

ゾクゾクと背を駆け上る喜悦と、身体の奥の奥から湧き起こる情動。過去に経験のないそれが、莠

には恐怖だった。

「いや…だ、なん、で……っ」

震える痩身を、レオンハルトがぎゅうっと抱きしめる。

「そのまま、もっと僕を感じて」

「……っ！　あぁ……っ！」

一際高い声を上げて、蒡は今度こそ、意識を飛ばした。

広い胸に倒れ込んで、意識を飛ばしたまま、余韻に痩身を戦慄かせる。その背を、大きな手がやさしく撫でる。

「蒡、愛してる」

抱きしめて、口づけて、それからレオンハルトは、首に提げていたチェーンを揃い取った。

昔は、こうして首に下げることしかできなかった。けれど今度は、ちゃんとした場所につけることができる。

それを外して、一本を蒡の左薬指に、もう一本を自分に。

目が覚めたら、蒡はなんと言うだろうかと想像すると、レオンハルトはたまらなく愉快な気持ちに駆られた。

きっと蒡は怒るだろう。こんなものをして仕事などできないと、外そうとして、でもできなくて、困り果てた顔で睨むに違いない。

だから、反則だけれど、寝ている隙に。

二度と破られない、誓いを立ててしまうことにした。


レオンハルトのおおかたの予想どおり、指にはめられたリングを見た莠は、無理だと怒って、困惑して、レオンハルトを精いっぱい睨んで、けれどそのあと、レオンハルトも思いがけなかった反応をした。

「どうして自分ではめたんだっ」

レオンハルトが莠の指にリングをはめるのはいいとして、どうして自分の指に自分ではめたのかと文句を言ったのだ。

レオンハルトは驚いた顔をしたけれど、莠にしてみれば当然の反応だった。誓いのリングは、互いにはめ合うものではないのか。

「そうくるとは……」

笑いながら、レオンハルトが自身の指からリングを抜く。そして、莠の手に握らせた。

悔しいけれど、自分のより少しサイズの大きいそれを、左の薬指に。根本まで、しっかりとはめた。

「誓いのキスを」

求められて、莠は素肌にシーツをまとっただけの恰好で、レオンハルトの肩に手を添え、自ら口づけた。

「愛してる」と告げ合って、今一度キス。

熱い抱擁が、数時間前までの情動を呼び起こして、ふたりはそのままシーツに倒れ込む。

ふたりの再出発のために、クラウディアが用意してくれた時間は丸二日。ふたりはただただ怠惰に抱き合ってすごした。

どれほど口づけても、抱き合っても、十年の歳月は取り戻せないけれど、そうとわかっていて抱き合う恍惚と背徳がある。

昔と同じ場所、違う場所、すべてが新鮮で、そして愛しく思えた。

「今度こそ、一緒に来てほしい」

「レオン……」

レオンハルトの舞台は全世界だ。全世界を相手に戦い、場合によっては、全世界から狙われる。

「僕が護る」

もう二度と、自分の知らない場所で、レオンハルトを危険に曝したりなどしない。

秘書でもボディガードでも愛人でも、表向きの肩書などなんでもいい。ずっと傍にいて、かならず護る。

「ただ傍にいてくれればいいと言っても、きみは聞かないだろうな」

苦笑とともに言って、レオンハルトは肩を竦める。

「きみより、僕のほうが強い。護ってやる」

レオンハルトの経済力の庇護《ひご》下で守られるのではなく、この腕一本で、自分がレオンハルトを護るのだ。

「そうだった。でも、今だけは……」

ベッドの上でだけは、甘く蕩けて、抱きしめる腕のなかにおさまっていればいい。

「いいよ。ベッドのなかだけでいいのなら」

たっぷりの含みを持たせて、触れるキスとともに返す。

とたん、レオンハルトは眉間に皺を刻んで、「どう受けとったらいいのかな」と長嘆を零した。

「言葉のままに」

笑って返すと、「昔はもっと素直だった」と不服気に言われる。拗ねたようなその顔が、出会いのころ、幼少時の、ふわふわ綿飴だったレオンハルトを思い起こさせて、莠はクスクスと愉快な笑いを零した。

「莠？」

怪訝そうに訊かれて無視していたら、そっちがその気なら…と、またもシーツに引き倒される。

身体に巻きつかせていたブランケットを剝ぎとられ、大きな窓から明るい陽が射すベッドの上で、一糸まとわぬ姿を曝した。

身体中に朱印の散った、悩ましい肢体だ。

その上に、肩や二の腕に昨夜の名残の咬み痕を刻んだ、逞しい肉体がおおいかぶさってくる。背にはくっきりと十本の爪痕。

「レオン……っ」

非難の声は、嚙みつくキスに阻まれる。

莠は、背の傷の上に、さらに爪を立てて、それに応えた。煽られた肉体が、力強く莠を組み敷く。

「まだ時間はある」

焦れたクラウディアが乗り込んでくるまでは、甘い時間をたっぷりと堪能《たんのう》すればいい。

リングのはめられた指と指を絡めて、キスに興じ、一番深い場所で繫がる。

十年間せき止められていた愛情の奔流は、容易に止めることはかなわなかった。

エピローグ

突然の辞令に、警護課警護第三係に動揺が走ったのは、いたしかたのないことだった。

「そんな……っ、氷上《ひかみ》さんには、なんの責任もないじゃないですか！」

「死人も怪我人も出てません！　ミスター・ヴェルナーのあの怪我はご自分で……っ」

「被疑者を死亡させたのは公安であって、警護課の責任ではないはずです！」

「依願退職なんて、体のいい免職じゃないですか！」

大柄なＳＰたちに押しかけられた警護課長は、はじめこそ渋い顔で話を聞いていたものの、しまいには「文句なら人事部に言え！」と、対応を放棄してしまった。

その様子を一歩引いた場所で見ていた室塚が、「なるほど」とひとり合点する。そのとなりで、クラウディアと密かにメル友になった部下の女性ＳＰが、「上も何を考えてるんだか」と吐き捨てた。

警察組織のありかたがある程度わかっている人間には、今回の処分の裏にあるものを想像することは可能だが、それが表に出ることは絶対にないだろう。

「班長？」

どこへ？　という問いには答えず、宝塚が向かったのは、庁舎内にあって一番眺めのいい休憩スペースだった。

「やはりここか」

「室塚……」

SPバッジを外した氷上莠が、都会の街並みを眺めていた。

とりあえず喉の渇きは癒せる。その程度の味しか期待できないベンダーのコーヒーで申し訳ないが……と断って差し出すと、元同僚は「ありがとう」と微笑みながら受け取った。

珍しい顔だった。厳しい顔しか、任務中は見ることがなかったから。

「何を言われた」

「何も。やめるって言ったのは、自分からだよ」

人事になんと言われたのかと訊いても、氷上は「なにも」と首を振る。その横顔は、棘《とげ》が抜けたようなとでもいうのか、妙にすがすがしかった。

「ヴェルナー傘下の警備会社に行くって？」

「ああ」

給料は段違いにいいぞ、と笑う。

「公安は？」

なんと言ってきた？　と、ずっと抱えていた疑問を投げてみた。鎌《かま》をかけたつもりだったが、さすがのポーカーフェイスで流される。

「公安？」

なんの話だ？　と、きょとりと首を傾げる。まるで邪気のない少年のように。

「まぁ、あれはあっちのポカだよな」

さすがに被疑者を死なせた責任までは負えないな…と笑う。宝塚が何を訊いているのか、わかった上でとぼけている表情だった。そして宝塚が自分の嘘に気づいていてそれに言及しないことも、わかっている顔だ。

本人がそれでいいのなら……と、納得するよりないと思わされる笑顔だった。

「元気でな」

「ありがとう」

きみも身体に気をつけてと、踵を返す。

警察官でありながら、警察官ではない身分を強いられるのだろう、この先、彼は己の置かれた立場をどう割り切って生きるのだろう。そして、彼にそれほどの決意をさせた要因を、室塚は理解しかねていた。

彼は、蒡とレオンハルトの関係を知らなかった。

だから、理解できないのも道理だった。

警察に辞表を出して、マンションを引き払い、残った荷物の大半は処分するか実家に送るかして、身軽になった蒡の手に残ったのは、さして大きくもないトランクひとつ分の荷物だけだった。

依願退職という、問題を起こした警察官を、問題を大きくすることなく退職に追い込むときによく使われる処分を受け入れたのは本当だ。

だがそこには、裏がある。

返却した警察手帳のかわりに、蒡に新たな身分証が発給されたのだ。警察名義で。

『民間人としてレオンハルト・ヴェルナーの近くに常に身を置き、情報収集せよ』

それが、蒡に新たに下された任務だった。

身分証記載の所属は、警護課ではなかった。

公安——それも、裏公安と呼ばれる、隠密行動専門の部署。警察職員の登録を抹消され、民間企業や団体などに、スパイとして入り込む。その実、警察からも報酬を得ている。状況によっては、銃器の調達もかなう。

民間の大手企業の動きを、公安警察は常に見張っている。さまざまな金や人や情報の動きに目を光らせている。

今回の一件で、蒡を体のいいスパイに仕立てられると踏んだのだろう。否とはいえない命令だった。

ふたりの関係を、楯にとられている。孝が断れば、まるで警察など無関係なところから、ふたりの関係を取り沙汰する記事なり噂話なりが、出回ることになるのだろう。

孝を送り込めば、レオンハルトを通じて、欧米の巨大企業の動向が入ってくるに違いない、というのが裏公安の狙いだ。

そして、レオンハルトが買い漁った日本の山林に関しても、今後妙な動き――開発計画などを見せることがないように、見張れという。

理不尽としかいいようのない命令だった。

だが、孝はそれを受けた。

どんな形であっても、レオンハルトの傍にあればいい、そう思ったから。

どんな脅威からも、自分が彼を護ればいい。自分にならそれが可能だという自負がある。


プライベートジェット専用に設《しつら》えられた、空港のＶＩＰラウンジは静かだった。

その窓際の大きなソファで、レオンハルトは長い足を組み、優雅にコーヒーカップを傾けていた。

傍らには、クラウディアの姿もある。

「お待ちしておりました」

クラウディアが艶《あで》やかな笑みで迎えてくれる。

「身軽になれたのかしら？」

含みのある指摘に、蒡は口角を上げることで応える。

「まぁいいわ。はい、これ。あなたの〝表向き〟の身分証よ」

さすがの才媛の目には、すべてが見えているらしい。蒡は微苦笑とともにそれを受け取った。

「まだ少し時間があるわ。コーヒーでもどうぞ」

それだけ言って、クラウディアは部屋を出ていく。

ドアが閉まるのを待ってレオンハルトの傍らに立つと、コーヒーカップをソーサーに戻した男に腕をひかれた。

抗わず、膝の上に腰を落とす。

「煩わしい〝首輪〟は、向こうについたらとってしまえばいい」

そう言って、蒡のワイシャツの襟元に、そっと指を這わせてくる。レオンハルトにも、すべてお見通しだった。

その上で、彼は蒡を傍近くに置こうとしている。

「どうせ目に見えない首輪だ。気にすることはない」

蒡がくだらない…と言い放つと、レオンハルトは青い瞳をゆるり…と見開いて、「さすがは私の蒡だ」と笑う。

「私を殺せと言われたらどうする？」

公安の指令が出たらどうするのかと、愉快そうに問う。本気で聞いているのではない。茶化しているだけだ。

「きみを殺して僕も死ぬ、とでも言ってほしい？」

どんなドラマティックがセリフをご所望かと、こちらも笑って返すと、レオンハルトは少し考えるそぶりを見せて、「悪くはないが……」と言葉を継いだ。

「一緒に逃げよう、のほうがロマンティックかな」

「三文芝居っぽくないか？」

蒡が不服を申し立てると、「お気に召さないか」と肩を竦める。

「僕の仕事は、きみを護ることだ。生涯、傍にいることだよ」

殺すことじゃないし、目の前に立ちはだかるものから逃げることでもないと、レオンハルトの神々しい金髪に指を滑らせながら言った。

「このリングに誓って」

蒡の左手を掬いあげたレオンハルトが、リングのはめられた左薬指に口づけを落とす。それから、掌にも。

蒡は、レオンハルトの額にキスを返して、それから青い瞳を覗《のぞ》き込んだ。

「これからは、ずっと一緒だ」

呟く唇を、キスに掬い取られる。

「愛しているよ」

深まる口づけの狭間に、甘ったるい告白。

絡みつく鎖も、突きつけ合った楔《くさび》も、そんなものはポーズでしかない。何者がふたりの関係を利用しようとも、かまわないし、関係ない。

「僕も、愛してる……」

口づけを深めながらも、莠は周囲に注意を払う。ここはヴェルナーの屋敷ではない。何が起こるかしれない空港だ。

軽く舌に歯を立てられた。

自分だけを見ろと、青い瞳が拗ねている。

「可愛い……」と、淡くじゃれるキスをひとつ。

射し込む西日に照らされて、豪奢な金髪は、美味しそうな飴色に輝く。甘い匂いがした気がして、莠はそのひと房に囓みついた。

二度目の蜜月

密命をうけて、表向き警察を依願退職したあと、莠《ゆう》はレオンハルトについて世界中を飛び回る生活になった。

肩書は秘書兼護衛官で、所属は秘書室。クラウディアの部下という扱いだ。

元警察官の前歴は隠しようがないために、警護警備を担《にな》う傘下企業にボディガードとして中途採用され、本社秘書室に出向、という扱いになっている。

その実、レオンハルトの動向を探るために日本警察が送り込んだスパイであることは、レオンハルトはもちろんのこと、クラウディアも感づいている。けれど、何も言わない。何も訊かない。もちろん莠も、何も言わない。

腹を探り合うこともしない。意図的に情報を流さないかわりに、あえて隠すこともしない。

日本警察にとっては、知らなくていいことを知ってしまった莠を、組織の外に放りだすこともできず、かといってレオンハルトの手前、組織内で飼い殺すこともできないとなれば、あとはレオンハルトの首の鈴として、放り出すよりほかなかった、というのが本当のところだ。

双方了解の上での、人質のようなもの。

言ってみればそれは、莠を縛る鎖《くさり》であり、一方でレオンハルトの首に巻きつく手綱《たづな》でもある。

つまりは、互いを束縛し合うアイテム以上でも以下でもなく、ようは置かれた環境が多少キナ臭《くさ》いことを除けば、蜜月《みつげつ》を謳歌《おうか》する巷《ちまた》のカップルと何も変わらない、ということだ。

日数を計算すれば、本国に滞在している時間が一番長いことにはなるが、こう出張つづきだと、本当に自分が根なし草になった気分になる。

ヨーロッパを転々としていたかと思えば、今日はアジア、明日はアメリカ、といった具合に、あっという間に埋まっていくパスポートのページを眺めて、なるほどページが足りなくなった場合の注意書きが必要な人間というのは、たしかにいるのだと、海外旅行はおろか、国内旅行すらもう何年もしていなかった以前の自分と比べて考える。

自家用ジェットを使っての移動だから、出入国時の煩雑《はんざつ》さは軽減されるといっても、これが日常では気が休まるときがない。――と、長年SPとして勤務してきて、体力には自信のある蒡ですら思うのに、レオンハルトもクラウディアも、常にパワフルさを失わないから脱帽だ。

旅先のホテルで用意されるのはいつも最上級のスイートルームで、コネクティングルームつきの部屋だから、社長の警護という名目がつく以上、クラウディア以外の目は誤魔化せているのだろうが、二度目の蜜月というのは、どうも落ち着かない。

若さがすべての壁を乗り越えさせるパワーとなっていた十年前はともかく、いまさら……と、どうしても考えてしまう。

　長い休暇をとるとき以外、常にＯＦＦにされることのないレオンハルトの携帯電話は、真夜中でも容赦なく鳴るし、食事を終えて部屋に戻ってからも、深夜までパソコンに向かっていることも少なくない。

　その仕事ぶりは、日本で警護についたときに、充分見たはずだが、あれがパフォーマンスではなくレオンハルトの日常なのだと、ともに行動するようになって、ため息とともども確信した。

　今も、蒡が一日の汗を流してバスルームから出てきてみれば、主寝室のバスルームでシャワーを浴びたのだろうレオンハルトが、ガウン姿で執務机に向かっていた。頬杖《ほおづえ》をつき、パソコンのディスプレイに見入っている。

「もうそのへんにして、お休みになられてはいかがですか？」

　そんな恰好《かっこう》で仕事をしていたら湯ざめすると、傍らに立って注意を落とす。

　ふたりきりだというのに、昼間と変わらぬ口調で言葉をかけられて、レオンハルトがやれやれといった様子で、軽く肩を竦《すく》めて見せ、それからパソコンを閉じた。

「仕事の時間は終わりだ」

　伸ばされた手に軽く引かれて、反射的に身体に力を入れたものの、間近に迫る碧眼《へきがん》に抗《あらが》えず、ゆっくりと力を抜いた。

「……んっ、ダメ…だ、明日も早…い……」

下から掬《すく》い取るように合わされた口づけが、じゃれつく合間に深められていく。

引き寄せられて、プレジデントチェアに深く背を沈めたレオンハルトの膝《ひざ》に乗せられてしまう。

図々しく、ガウンの裾《すそ》を割る手。

湯のぬくもりを残した肌を直接撫《な》でられて、その手を止めようとするものの、かなわない。

「こんな恰好で誘うきみが悪い」

「な……っ、う……んんっ！」

誘ってなどいないと返す抗議も、さらに深まる口づけに阻《はば》まれて口にできないまま、喉《のど》の奥へと消える。

不埒《ふらち》な手に煽《あお》られて、逃げられないところまで追い込まれたところで、耳朶《じだ》に意地悪い言葉が落とされた。

「嫌なら、逃げればいい」

その気になれば自分の拘束を逃れるくらいわけもないことのはずだと言われて、莠は眉間《みけん》に皺《しわ》をよせ、間近に迫る碧眼を睨《にら》み据えた。

ずるい……と、責める言葉は口中で空回りして、ふいっと視線を逸《そ》らすにとどまる。

そんなふうに言われたら、こちらはもう抗いようがないではないか。

四六時中傍にいて、今の生活の在り方を冷静に見れば見るほど、当初の情熱に戸惑《とまど》いを覚えてしまう。嫌なわけではない。ただどうしても、甘受しきれない。

嬉《うれ》しいのに、その感情を表に出すことを躊躇《ためら》ってしまう。ようは、溺《おぼ》れるのが怖いのだ。

互いの想いを確認して、抱き合った夜のように、何もかも忘れて情欲に溺れるのが怖い。目の前の男のこと以外、考えられなくなるのが怖い。

若さゆえ……と、もはや言い訳の利く年齢ではない。

だから、無意識のうちにブレーキをかけてしまう。それに気づいて、また戸惑う。そんなことを、ここ最近ずっと繰り返している。

どんな危険からも護《まも》ると誓って、生涯傍にあることを選んだのに、甘ったるい感情に溺れていては、護れるものも護れなくなる。

それが怖くてたまらないのに、こうして抱きしめられて、間近に青い瞳を捉えてしまえば、今目の前にあるもの以外、なにもかもどうでもよくなってしまう。

「莠」

顔を上げて……と、甘い声に促される。渋々の体《てい》をつくって瞳を上げた。

「レオン……」

呼ぶ声を口づけに塞《ふさ》がれ、甘ったるいそれに興じる隙《すき》に、ガウンの下を不埒にうごめく手が官能の火を灯《とも》し、連日の行為にすっかり馴染《なじ》んだ肉体を蕩《とろ》かせる。

「あ……ぁっ」

狭間を探られ、強い刺激を求めて戦慄《わなな》くそこに、下からあてがわれる灼熱。

「や……ぁっ、う……ぁっ」

じわじわと埋め込まれるそれが、莠の理性を奪っていく。最奥《さいおう》まで迎え入れたときには、もはや莠の思考は蕩けきって、肉欲に支配されるままに甘く喉を震わせ、歓喜の声を迸《ほとばし》らせた。

「ひ……っ、は……ぁっ、……んんっ！」

突き上げる動きに合わせて淫《みだ》らに身体をくねらせる。白い喉に歯を立てられ、ぷくりと尖《とが》った胸の突起を捏ねられて、脳髄《のうずい》が焼けるような喜悦に全身を震わせる。

「レオ…ンっ、も……っと……」

求める声に応えるように、レオンが莠の腰を抱えた。デスクに背中から引き倒され、よく深く激しく穿《うが》たれる。

力強い律動を送り込む腰に下肢《かし》を絡めて、もっと深くと引き寄せる。

荒々しさを増していく突き上げに翻弄されるまま、莠は頂へと追い上げられ、一際高い声を上げた。

「——……っ！」

直後、最奥で弾ける熱。

「……っ」

耳朶をかすめる低い呻《うめ》きと、跳ねる腰を穿つ欲望の力強さ。

「は……ぁっ、……んっ」

余韻に震える身体の芯《しん》には、隠しきれない熾火《おきび》の存在。

甘ったるく降るキスの雨に絆されて、求められるままに何度でも応えてしまう。いい大人が、子どものように欲望を持て余している。

二度目の蜜月は、十年前とは勝手が違う。互いの立場も置かれた環境も違うのだからそれは当然なのだけれど、求める思いの強さだけは変わらないから困りものだ。


朝、クラウディアがいつもどおり、異母弟であり仕事上はボスでもあるレオンハルトの部屋を訪ねると、そこに莠の姿がなかった。レオンハルトはひとり、ダイニングテーブルでコーヒーカップを傾けている。

表向きクラウディアの部下ということになっている莠だが、本来の仕事はレオンハルトの警護だ。かたちばかりのものではない。いざとなったときに、彼に権限が集約されるように、すでに体制が組まれている。

傘下の警備会社には、腕ききのボディーガードが集められているが、彼の身体能力は体格がひとまわり以上も違う屈強な男たちにも劣らない。己の身体特性を活かした動きを心がけているためとわかる。

――唖然《あぜん》としてたものね。

蒡が着任した日のことを思い出して、思わず口許が綻《ほころ》んでしまうのは、その光景が実に爽快だったからだ。

蒡をレオンハルトの傍につけると聞かされたとき、それまでレオンハルトの警護にあたってきたボディガードたちは、一様に不服をあらわした。それも当然だろう、異国の警察出身の、しかも自分たちよりどう見ても身体能力に劣りそうな、小綺麗《ぎれい》な容貌《ようぼう》の優男に命令されるなど、彼らにとっては屈《くつ》辱《じょく》以外のなにものでもない。

ならば手合わせで白黒をつければいいと提案したのはレオンハルトで、ボディガードたちは二つ返事でそれに応じ、蒡も頷いた。

結果は言うまでもない。

屈強な男たちが次々と投げ飛ばされ、蒡の手が六人目に伸びたところで、レオンハルトがストップをかけた。

見た目からは想像もつかない実力を見せつけられて、ぐぅの音も出なかったのだろう。軍隊や警察での勤務経験をもつ、そもそも体育会系思考のボディガードたちが、蒡に一目置いたのは当然のことだった。

いったん認めてしまえば、反発は敬愛へすり替わり、最近では眉目秀麗《びもくしゅうれい》な上官に付き従うことに、価値を見出している様子。何より、日本人の美徳というべきか、蒡の腰の低い態度が、新体制を円滑に始動させた。

そもそも、ボディガードの選抜基準に容姿端麗と追記したのはほかならぬクラウディア自身で、そうした結果に満足したのは、蕎を常に傍に置きたいレオンハルトに限ったことではなかった。

天使のように可愛《かわい》らしかった歳の離れた弟が、予想外に育ってしまったのはクラウディアにとっては大きな誤算だったが、これで毎日楽しく仕事ができるというものだ。バツ一子持ちが、日々の潤いを求めて悪いなんて、誰にも言わせない。

そんなこんなで、今朝も早々に、胸中で「目の保養、目の保養」と唱えながら部屋のドアを開けたわけだが……。

肝心の、朝一番に見たい顔が、ないのはどうしたことだ。

「おはようございます。――おひとり？」

姉の問いに、答えるまでもないだろうと、レオンハルトは手にしたカップを軽く掲げて見せる。どうやら、昨夜も無茶をしたらしい。蕎はまだ、ベッドのなかだろう。

「まだ時間はあるだろう？」

疲れているのだから、寝かせておけばいいと返す。

可哀想に……と、クラウディアはひっそりとため息をついた。生真面目《きまじめ》な彼の精神的な負担にならなければいいのだけれど……。

そんなことを考える自分が、三十路もとうにすぎた弟を、いまだに子ども扱いしていることに気づいて、クラウディアは胸中で苦笑を零す。

弟は可愛い。自分の眼鏡にかなった弟の恋人はもっと可愛い。でも、苛《いじ》めたい。可愛いからこそ、いじくりまわしたい。

——そろそろ、最初の波風が立つころかしら。

ふふっと、ひとり、ほくそ笑む。

泣きながら、「お姉さんっ」なんて、頼ってきてくれたら、もうなんでもしてあげちゃうのに！

そんな妄想に耽《ふけ》りながら、クラウディアは朝食のテーブルセッティングの確認をはじめる。ふたり分はブランチに変更して、自分はひとり優雅にテラスでいただくことにしよう。

だが、コンセルジュデスク直通の電話を取り上げたタイミングで、寝室のドアが開いた。少し慌てた顔の蒡が大股《おおまた》に出てきて、クラウディアに気づき、気恥ずかしげにサッと視線を落とす。

「おはようございます」

遅刻したわけでもないのだから、堂々としていればいいのに。ベッドの隣にレオンハルトの姿がないのを見て、よほど慌てたのだろう、艶やかな黒髪が跳ねている。

「おはよう」

蒡が何を慌てているのか、わかっているだろうに、レオンハルトは素知らぬ顔で出迎える。

笑みをたたえた青い瞳を、不服気に睨む。蒡の不機嫌がわかっていながら手を伸ばすレオンハルトと、怒っていながら伸ばされる手を振り払わない蒡と、果たしてどちらがより罪深いのか。

クラウディアの目には、どっちもどっちに映るが、当人たちにとっては大問題だろう。

レオンハルトに腕を引かれて、ついうっかり朝のあいさつに応じかけ、クラウディアの存在に気づいた蒡がはっと我に返る。

——キスくらい、誰も責めやしないわよ。

堂々としたらいいじゃないの！　と、言いたい気持ちにぐっと蓋《ふた》をして、クラウディアはニッコリと微笑《ほほえ》んだ。

「スクランブルになさいます？　それともサニーサイドアップ？」

卵の調理法を訊かれた蒡は、レオンハルトの膝になかばのり上げた恰好で驚きに瞳を瞬くことしばし、「……オムレツで」と答えた。ケチャップでハートでも書くつもりかしら？


どんな危険からも護ってみせると誓って、レオンハルトの傍にあることを選んだ蒡だから、ボディガードとしての職務に支障をきたす状況を受け入れがたいのはわかるが、なにもそんなに怒らなくてもいいだろうに。

仕事はもちろん大切だが、恋人同士の時間も同様に……いや、それ以上に大切なはずだ。レオンハルトはただ、ようやく手に入れた二度目の蜜月を謳歌したいだけなのだが、蒡はどうしても職務を優先しようとする。

それが気に食わなくて、仕事より自分を優先させたくて、ついつい無体を強《し》いてしまう。オンもオフも、莠のすべてが自分のためにあるとわかっていながら、なんとも狭量なことだと、自分で自分に呆れる。

さて、どうしたものかと、レオンハルトは車の後部シートから助手席に座る莠に視線を注ぎつづける。――が、今日も朝から完全に無視されつづけている。

クラウディアの悪戯で、ケチャップでハートマークの描かれたオムレツを出されて以来、莠はすっかり拗《す》ねてしまって、手に負えない。

あれ以来、夜のほうも拒まれてばかりだし、ろくに口も利いていない。

仕事中はこのとおりのありさまだし、プライベートの時間になっても傍によりつかない。ベッドでは背を向けられる。

さすがにそろそろ、レオンハルトも我慢の限界が近かった。

二度と手放すつもりはない。かといって、我慢を強いたいわけではない。

愛していると、百万回告げてすむ話なら簡単だ。ともに社会的責任を追う立場だからこそ難しい。

車を降りるとき、周囲を警戒しつつドアを開ける莠の手に、さりげなく自身の手を重ねる。

ピクリと戦慄く肌の感触と、間近に迫る、憤《いきどお》りを孕んだ黒い瞳。眦《まなじり》をわずかに染めて、睨み据えてくる。その気丈な眼差《まなざ》しすらも愛おしい。

その視線を受けとめて、莠の左の薬指にはめられたリングを指先で撫で、車を離れる。

責める視線が、背中に突き刺さっている。「バカっ」と、聞こえるはずのない甘ったるい罵声《ばせい》が、聞こえた気がした。


レオンハルトと、一方的な冷戦に入って五日目。

こうなるともう、冷戦終結のきっかけすら見失って、莠は正直参っていた。

公私の区別が難しい環境とはいえ、現状に不服があるわけではないし、レオンハルトへの愛情に揺るぎはないけれど、なんというか……。

学生時代、喧嘩《けんか》をしたときは、いったいどうやって仲直りをしていたのか？　と考えて、ほとんど記憶にないことに愕然《がくぜん》とする。喧嘩をした記憶はあるのに、その詳細を覚えていないとは……。ようは、記憶に残らないほど些細なことで喧嘩をして、他愛ないきっかけで仲直りをしていた、ということだ。

そんなことを考えている間に、車はホテルのエントランスに滑り込んでいた。今日は、いつもよりかなり早い帰着だ。

部屋に入るまでは気が抜けないが、レオンハルトが経営するホテルというのもあって、いくらかやりやすい。だが、この場所も、明日の朝には発つことになっている。

明日以降は、しばらく本国にとどまるスケジュールになっている。ここひと月あまり、欧州各国から南北アメリカまで、あちこちを飛び回っていたから、久しぶりに地に足のついた時間が過ごせそうだ。

ヴェルナーの館には、警護の名目で蒡の部屋が設えられている。けれど、出張つづきのレオンハルトについて歩くかなければならないために、数えるほどしか使っていない。

隣はレオンハルトの自室で、ドア一枚で隔てられているだけだから、自室のベッドルームを使うことは、本国にいたところで、この先もまずないだろうと思っていたのだが、このぶんでは、その予想も覆《くつがえ》りそうだ。

部屋のドアの閉まる音を聞いて、ようやくホッと息をつく。

レオンハルトが買い取ったときに、必要に迫られて強化したというだけあって、このホテルのセキュリティは万全だ。もちろん、ボディガードたちは二十四時間体制で警護の任についている。

「お疲れさまでした」

レオンハルトに労いの言葉をかけながら、クラウディアが今日一日の確認事項のチェックと、明日のスケジュールの確認をはじめる。

それを、スーツのジャケットを脱ぎ、ネクタイのノットをゆるめながらレオンハルトが聞く。

蒡は、レオンハルトが脱いだジャケットを受け取って、どこかで盗聴器などを仕掛けられていないか、念のため調べ、問題がなければふたりのためのお茶の用意をする。

ボディガードの仕事ではないが、レオンハルトについて歩くからには、それくらいできなければ困ると、以前に日本でクラウディアからレクチャーを受けたのもあって、いつの間にか菷の役目になっていた。

一日の疲れを癒《いや》す一杯は、レオンハルトは濃いめのコーヒー、クラウディアはハーブティー。自分は紅茶か日本茶。自分のぶんは、飲みたくて淹《い》れるわけではない。練習のためだ。

いまどきコーヒーはマシンが淹れてくれるし、ハーブティーは熱湯を注ぐだけでいいけれど、紅茶と日本茶には淹れ方の黄金ルールがあって、それを守らなければ、美味しく淹れられない。クラウディアに役立たずの烙印《らくいん》を押されるのは勘弁だ。

「明日は早朝のフライトになります。今日は早目にお休みください」

菷が淹れたお茶の採点を終えたところで、クラウディアが腰を上げ、「おやすみなさいませ」と自室に下がる。

その先は、ふたりの時間だ。

長い一日を終えて、ようやくプライベートの会話がかなう。

だというのに、もう五日も、ろくに話をしていない。

今も、クラウディアの存在がなくなった途端、気づまりになるのだから、如何《いかん》ともしがたい。

自分が謝るのも、癪《しゃく》といえば癪なのだけれど、かといってレオンハルトが謝るべきかと言われるとそうでもないのはわかっている。

いい大人なのだから、折れるべきところは折れればいいのだ。それもわかっている。けれど、どうしても素直になれないまま、気づけばもう五日。最初はちょっと、不愉快だと意思表示したいだけだったのに。

「あの――」

「明日も早い。今日は早めに休むとしよう」

言いかけた言葉を遮《さえぎ》られた上、レオンハルトは早々に腰を上げて、バスルームに向かってしまう。

取り残された秀は、ドカリとソファに腰を戻して、まだまだレオンハルトには飲ませられない味の緑茶を啜《すす》った。

「プライベートジェットのなかで寝ればいいじゃないか」

毒づいて、ため息をひとつ。

主寝室に足を向けたところで、どうせレオンハルトに背を向けた恰好で眠ることになるだけだし、だったらいっそのこと、サブルームを使おうか。

たいがいのスイートルームには、ベッドルームとバスルームがふたつずつ設けられていて、この客室も御多聞に漏れない。

ああ、そうだ……と、唐突に思い出した。

喧嘩しても、怒っていてもたいていは、触れ合ったらそれで終わりだった。学生時代、喧嘩の終わりはいつも、キスと抱擁《ほうよう》と、そして……。

思わず赤面して、若かったな…と、長嘆をひとつ。同時に、五日間触れられていない肌が、ゾクリ…と粟立った。

たった五日間だというのに。レオンハルトと再会する以前の自分が、長い夜をどう過ごしていたか、もはや思い出せなくなっている。

今一度深いため息をついて、莠はサブルームに足を向けた。


その朝、帰国のためにプライベートジェットに乗り込んだあと、莠にしては珍しく、水分を摂取していた。

クラウディアに呼ばれて、紅茶の飲み比べをさせられていたのだ。パッケージを見なくても、ブランドと銘柄がわからなくては困る、と言われて。

恋人の姉の、まるで嫁を躾《しつ》ける姑《しゅうとめ》がごとき行動に、若干辟易《へきえき》させられながらも、必要だと言われれば従わざるをえない。

紅茶に睡眠薬が仕込まれていたとすれば、わからなくもない話だが、数種類用意されていた紅茶のどのカップにも、舌を湿らせる程度にしか口をつけなかったというのに……昨夜も眠れなかったのが敗因か？

蒡がそんなことを考えてしまうのは、プライベートジェットのシートに座っていたはずなのに、一瞬意識が飛んだかと思ったら、気づいたときには見知らぬ場所にいたため。

眩い太陽光が射しこんでいると思しき明るさと、吹き抜ける風、それから、遠くに波音。

――……？

状況を把握するかに瞳を瞬くこと数度、視界が捉えたのは、天井でゆったりとまわるシーリングファンだった。木製のそれが、窓から吹き込む穏やかな風を、室内に巡らせているのだ。

「ここ…は……」

首を巡らせて、窓際のチェアに背をあずける男のシルエットを捉える。

蒡が目覚めたことに気づいた様子で腰を上げ、大股に歩みよって、身を屈める。碧眼が、やさしい光をたたえてそこにあった。

「レオン……？」

「目が覚めたかい？」

よく眠っていたね、と微笑む。指の長い綺麗な手が、蒡の前髪をそっと梳いた。そして、額にキスをひとつ。

「どうして……」

自分はプライベートジェットに乗っていたはずで、レオンハルトもそれは一緒で……クラウディアは？　ボディガードたちは？　向かった先での仕事はどうなったのだ？

訊きたいことはたくさんあるのに、どうにも思考が痺《しび》れていて、うまくまとまらない。

「ごめん」

短く詫びる言葉とともに、今度は唇に触れるだけのキス。「クラウディアを買収した」と言われて、その意味を考える。

「一週間の休暇だ。ここにはふたりだけだし、電話も鳴らない」

「休暇……？」

せわしく瞳を瞬《しばた》くことで、その意味を問う。

「珊瑚礁《さんごしょう》保全のために購入した無人島だ。緊急時以外は、誰もこない場所だよ」

管理用に建てられたコテージが一軒ぽつんとあるだけで、あとは手つかずの自然が残されている場所だと言う。

いまだに状況がはっきりと呑《の》み込めない感覚を味わいながら、蒡はベッドに沈み込んだまま、動きたくないと訴える肉体を叱咤《しった》して、どうにか上体を起こした。レオンハルトが、背を支えてくれる。

「……っ！」

上体を起こして、ようやく窓の外の景色が目に入ってくる。

生い茂る南国植物の葉陰の向こうに、真っ白な砂浜と紺碧《こんぺき》の海と青い空。レオンハルトの瞳の色のように美しいブルーが広がっている。

「すごい……」

聞こえるのは、風が揺らす葉音と、小鳥のさえずり、波の音、そしてシーリングファンのたてる静かな駆動音、のみ。

「小型の爬虫類《はちゅうるい》はいるが、危険な生物はいない。楽園だよ、ここは」

レオンハルトは、珊瑚礁保全のため、と言った。ここをリゾート施設として開発する気はない、ということだ。

自分のために、買ったのかもしれない。たまの休暇を、日常を忘れてすごすために。

「ここなら、誰の目も気にする必要はない」

ふたりきりだ、と言われて、莠はまじまじとレオンハルトの顔をうかがった。

「なにも薬を盛らなくても」

声に叱責が滲むのは当然のことだ。レオンハルトは「ごめん」と今一度詫びて、今度は眦にキスを落とした。

「言ったら、きみは身構えるだろう？」

ふたりで休暇を…と言ったところで、莠はクラウディアの目すら気にして、緊張するだろうと言われて、ゆるり…と目を見開く。

この五日間、莠がかたくなになっていた理由を、レオンハルトはちゃんと理解していたのだ。

ふたりだけの空間。誰の目も気にする必要のない場所。

公安にふたりの関係を握られ、クラウディアはもちろん、レオンハルトの側近の部下たちにもばれているに違いない状況は、周囲の目を気にすることなくすごせた大学時代とは絶対的に違って、蒡の精神の負担になっていた。

気にする必要はないと言い聞かせても、クラウディアは味方になってくれる人だとわかっていても、どうしても気にせずにはいられなかった。

「ごめん……」

今度は蒡が謝る番だった。

ふっと肩から力が抜けて、引き寄せられるまま、レオンハルトの肩に頭をあずける。

「なんか……自意識過剰だったかもしれない。……ごめん」

十年ぶりの二度目の蜜月で、甘え方がわからなくなっていた。常に傍にあることが日常になればなるほど、戸惑いが大きくなって、どうしていいかわからなかったのだ。

「いや、クラウディアが揶揄《からか》ったのが決定打だったのだろう？　悪かった。ちゃんと言っておいたから」

突然の一週間の休暇は、さすがに反省したらしい彼女からのプレゼントだと言う。

曰く、「もっと甘えてくれたら可愛いのにって、思っただけよ。失礼ね！　苛めてないわよ。可愛がってるだけじゃない」とのことで、太っ腹なことにも、「予定外のハネムーン」をプレゼントしてくれたというのだ。

「ハネムーン、って……」

結局そうやって揶揄われるんじゃないかと思って、けれどもう、慣れるしかないのだろうと、またもため息。

けれど、レオンハルト同様、クラウディアが蒡の気持ちを理解してくれているからこそ、用意された休暇であることは明白で、ありがたく受け取るよりほかない。

ウェディングパックにありがちな、床に敷き詰められた花弁も、ストローが二本ささったトロピカルジュースもないけれど、今のふたりにとっては、誰にも邪魔されない空間は、どんなゴージャスなホテルやコテージですごす時間以上に価値がある。

「オムレツに、ケチャップでハートマークは書かなくていいと言っておいた」

喉の奥で愉快気な笑いを転がしながら言われて、蒡はレオンハルトの襟元を軽く摑《つか》んで凄む。

「……そういう問題じゃない」

鼻先をつきつけて、低く威嚇《いかく》したところで、通じないのは承知だ。

その証拠に、唇にチュッと甘ったるい音が立った。リーチの長い腕に、痩身を引き寄せられる。頬と頬をすり寄せ、互いの体温を堪能する。

「クラウディアが悪いわけじゃない。ただ、その……」

レオンハルトの肩口に額をすり寄せるようにして顔を隠し、言い淀む。

「ただ？」

大きな手が頬を包み込んで、顔を上げさせ、つづく言葉を吐露《とろ》させようとする。

「だから、その……っ」

「言いたいことは言ってくれていい。隠しごとはなしにしよう。先は長いんだ」

文句や不満は抱えこまないようにしようと言われて、「そうじゃない」と首を横に振った。

不満があるわけではないし、文句を呑み込んだわけでもない。

「ただ、……その……恥ずかしかった、だけ…だ」

クラウディアに揶揄われて、数時間前までこの身体がレオンハルトの腕のなかにあったことを知られていると思ったら、たまらなかった。

私生活を……端的に言えば、ベッドのなかを、覗かれているような気がしたのだ。

レオンハルトにあたってもしかたないとわかっていて、完全に八つ当たりだとわかっていて、それでも五日間も意地を張ってしまったのは、そんな単純な心理からのことだったのだ。

「莠、可愛い」

瞼に唇を押しあてながら言われて、莠は唖然と目を見開く。

「な……っ」

子どものころならともかく……！　と眉間に皺を寄せると、今度はそこの上にキスが落ちてきた。

「クラウディアも、きみのそういう反応が可愛くてたまらないんだよ」

だからついつい、茶々入れをしてしまうのだろうと、姉の言動を分析した。仕事上でも、彼女からのアタリが強いのは、期待されている証拠だと、部下たちに受けとめられているという。言われてみればたしかに、そういう一面はうかがえた。

とすると、お茶の淹れ方云々も、単に遊ばれていただけかもしれない。たしかに、美味しく淹れられるにこしたことはないだろうが、ボディガードの必須条件ではありえないだろう。

「ありがたいけど、お手やらかにたのむ」

「言っておくよ」

ぐったりと言うと、クスクス笑いとともに返される。

「僕も子どもの頃、よく苛められた。『お姉ちゃんなんかキライだ』って泣くと、ようやくぎゅっと抱きしめてくれるんだ」

そういう人なのだと、苦笑気味に幼い日の想い出を語る。

ふわふわ綿飴《わたあめ》のように可愛らしい弟が、えぐえぐと泣きながら縋《すが》ってきたら、それはそれは愛らしいことだろう。

うっかり想像してしまって、プッと噴《ふ》き出してしまい、レオンハルトに怪訝《けげん》そうな顔をされる。

「何を想像した？」

したり顔で訊かれて、

「きみの泣き顔」

意地悪い笑みで返す。

少年の日を彷彿とさせる柔らかな金髪に手を伸ばして弄《もてあそ》ぶと、その手をとられ、体重をのせられた。

「泣くはめになるのは、きみのほうだ」

さっきまで寝ていたベッドに引き倒されて、上から押さえ込まれる。

返すのは簡単だ。けれど蒡は、シーツに背を沈み込ませて身体の力を抜き、手を伸ばした。

するりと首に腕をまわして、愛しい男を引き寄せる。

誰の目を気にすることもなく、誰に邪魔されることもなく、ここでなら存分に抱き合える。無粋に寝室を覗く者があるとすれば、小鳥か小動物くらいのものだろう。

ベッドの上を転がる間に、シャツを剝ぎとられる。

「シャワーくらい……」

時間はあるのだから、そんなに急かなくても…と言うと、唇に厭《いや》らしい誘いが落とされた。

「陽が落ちたら、裸で海に入ろう」

月の光を浴びながら、水のなかで抱き合おう。きっと気持ちいいはずだと言われて、蒡はとろり…と瞳を潤ませた。

そう、たしか今日は満月だ。だからこんなに気が急くのだろうか。

自分のほうこそ、性急に熱が高まるのを感じて、蒡は白い太腿《ふともも》を悩ましくすり寄せる。はだけられたシャツの首筋に嚙みついて、レオンハルトの匂いを肺いっぱいに吸い込んだ。

太陽はまだ高い位置にあって、ベッドルームには明るい陽射しが射しこんでいる。そんななか、真っ白いシーツを乱して抱き合う背徳感。

どれほど乱れても誰に見られることもなければ、どんな奔放《ほんぽう》な声を上げたとしても誰に聞かれることもない。だから、いいだろう？　……と、甘く囁《ささや》かれれば、もはや抗う術はない。

一糸まとわぬ姿に剝かれ、白い太腿を淫らに開かれる。その中心では、触れられることなく滾《たぎ》った欲望が、厭らしく頭を擡《もた》げている。

その奥には、淫靡《いんび》な期待に戦慄く後孔。レオンハルトに唆《そそのか》されるままに、蒻は自らその場に指を這わせた。

レオンハルトを受け入れる場所を探って奥まで拓き、感じる場所を擦りたてる。

青い瞳を挑発するように、淫らな行為に耽り、濡れた瞳を上げた。

レオンハルトと別れてからの十年間、誰にも触れさせたことのなかった場所は、再び抱かれたときには硬く閉じていたはずなのに、二度目の蜜月をすごす間に、昔以上に淫らな反応を示すようになっていた。

「は……ぁっ、あ……っ」

厭らしい行為に耽る姿を見られている。

その恍惚が蒻の思考を蕩けさせ、ますます情欲を煽りたてる。

「レオン……っ」

早く欲しいと、言葉にできないまでも、瞳での懇願。

レオンハルトは、美しい碧眼を情欲に輝かせて、その中心に蒡を捉えている。

「なに？」

どうしてほしいの？　と、意地悪い笑みを返されて、蒡は「早…くっ」と声を上ずらせた。

「どうして？　そのまま、最後までして見せてくれるんじゃないの？」

そんなことを言いながら、ぷくりと尖った胸の突起をいじり、感じやすい内腿にキスをする。柔らかな皮膚を食《は》まれて、蒡は白い喉を仰け反らせ、甘ったるい息を吐いた。

「や……ぁっ、無…理っ」

足りない…と、頭を振って身悶《みもだ》える。

本当に欲しいものは、レオンハルトしか与えてくれない。それがわかっているから、甘苦しさばかりが募って、苦しくてたまらないのだ。

「レオン……お願…い……っ」

手を放そうとしたら、許されず、堰《せ》き止めるかに大きな手を重ねられた。ぐっと奥まで突き入れられて、「ひ……っ」と悲鳴が迸る。

レオンの指を重ねられ、深い場所までかきまわされて、しなやかな腰が跳ねる。その痴態《ちたい》を、青い瞳は余すところなく見ている。

「ひ……っ、あ……ぁっ！」

白濁が弾けて、白い胸を汚した。

痩身がぐったりとシーツに沈み込む。

荒い呼吸に上下する胸にねっとりと舌を這わされ、余韻を煽られ、熾火を焚きつけられて、蒡はしっとりと汗の浮いた肌を戦慄かせる。

「蒡……もっと淫らなきみが見たい」

甘い声が耳朶に唆す。

どろどろに蕩けた狭間に、滾った熱があてがわれ、蒡は濡れた息を吐いた。

「ひ……っ、あ……ぁっ、あぁ……っ！」

一気に最奥まで貫かれ、悲鳴が迸る。

「んん……っ、や……っ！」

歓喜に戦慄く内壁を穿つ欲望の猛々しさ。それに応える悩ましい腰の動きと、甘い声。

肌と肌のぶつかる艶《なま》めかしい音に、ベッドの軋む音が重なって、淫猥《いんわい》さを煽りたてる。

「レオン……奥…が……っ」

身体の芯から湧《わ》きおこる情欲に急きたてられるように、高い声を上げ、広い背にひしっとしがみついた。爪を立て、襲いくるものに耐える。

「ひ……ぁっ！　――……っ！」

常になく深い喜悦が襲って、蒡はシーツから浮くほどに背を撓らせ、逞しい腰に下肢を絡ませて、ガクガクと肢体を震わせた。

直後、最奥に熱い迸り。

「……っ」

耳元に落ちる低い呻きにも、余韻を煽られる。

「あ……ぁ……っ」

か細い喘ぎが白い喉を震わせて、蒡はむずかるように身体をくねらせる。その肢体を、力強く抱きしめる熱い腕。

「蒡……」

「ん……」

名を呼ばれて、甘ったるいキスで応える。

陽が暮れるまでには、まだまだ時間がある。青白い月明かりの下、水に浸かって抱き合って、口づけを交わせるまでには、まだ……。

「もっと……」

甘ったるい媚《こ》びを孕んだ懇願が、無意識に口をついていた。

「何度でも」

満足げに口角を上げて、碧眼を細める端整な面。美しい相貌を飾る、ふわりと甘そうな、鼈甲《べっこう》色の髪。指を差し入れて掻《か》き混ぜて、パクリと口にする。

「莠」

悪戯《いたずら》をするなと笑う声。

広い胸に引き上げられ、じゃれ合うキスに興じる。その間にも、双丘を揉まれ、狭間を探られて、下からあてがわれる熱。

足りないと追いかけてくるキスを振り切って、莠は上体を起こした。そして自らレオンハルト自身を受け入れる。滾る熱に手を添えて、その上にゆっくりと腰を落としていく。

「は……ぁっ、んんっ！」

自重で一番深い場所まで受け入れて、ねっとりと腰を揺らす。「いい眺めだ」と、碧眼が細められた。

文句を言うかわりに、迎え入れたレオンハルト自身を、きゅうっと締めつけ、搾り上げる。

「……っ、莠……っ」

苦しげな呻きが上がって、莠は満足げに喉を鳴らした。そちらがその気なら…と、下から荒っぽい突き上げが襲う。

「ひ……ぁっ！」

そのまま身体を入れ変えられ、右肩からシーツに押さえ込まれて、片足を大きく開かれた恰好で穿たれた。

荒々しい突き上げに、声すら枯れ、濡れた喘ぎばかりがあふれる。ズッと一際深く穿たれて、いまひとたびの頂を見た。

「——……っ！」

ふっと意識が遠のいて、救いを求めるように手を伸ばす。

「莠、愛してる」

抱きしめる力強い腕に安堵し、甘い睦言に胸がトクリと鳴った。


間近に水音を聞いて、莠は意識を覚醒させる。

インディゴブルーに染まる視界には、さらに透明度の高いブルーと、神々しいまでの光を放つ金色しかなかった。

夜空と、レオンハルトの碧眼と、金の髪。そこにふりそそぐ、月光。

「気づいたかい？」

いつの間にか陽が落ちていて、頭上にはまん丸の月、海と夜空を染める一面のインディゴブルー。

そのなかで、莠はレオンハルトの腕に抱かれていた。

白い砂浜も青白く染まり、寄せては返す波を受けながら、月の光に照らし出されている。

「すごい……」

なんと美しい情景だろうか。まさしく月光浴。

莠を抱いたまま、レオンハルトは海に入っていく。真っ暗なのに、不思議と怖いとは思わなかった。

浮力がついたところで、莠は海水に身体を放し、レオンハルトを向き直る。

腰を引き寄せられて、首に腕をまわした。

「世界に、ふたりきりみたいだ」

この美しい情景は今、ふたりのためだけにある。

「きみに、この景色を見せたかった」

そのために買ったのだ、とレオンハルトは言わないけれど、莠はそう察した。ハネムーンというのは、あながち冗談ではなかったのだろう、と……。

自ら口づけて、「嬉しい」と、素直に告げる。

波に揺られながら月光浴を楽しんで……、しばらく、レオンハルトが小さく呻いた。

「レオン？」

怪訝な顔を向ける莠に、眉間の皺を深くした美貌が、苦々しく言う。

「背にしみる」

「……」

口を歪める恋人の顔を間近に見上げて、莠はその意味を察した。

先に抱き合ったとき、自分が遠慮なく背に刻んだ爪痕《つめあと》……。

「ごめん」

詫びながら、莠は掬い取った海水を、レオンハルトの背にかけた。

「……っ！　莠っ!?」

なにをする!?　と驚きに見開かれる碧眼を間近に見上げて、なだめるキスをひとつ。驚きと困惑をたたえた碧眼が見開かれ、次いで甘い光を宿して細められる。

「月に誓おう」

深まる口づけの間に、甘い声が囁く。「何を？」と吐息で返したのは、期待と予感があったから。

「永遠の愛を」

胸の鼓動をぴたりと寄せあって、月の光のなか、交わす口づけ。満ちる潮に身を任せながら、ふたりは抱き合い、ひとつになった。


きっかり一週間後。

時間を忘れて愛し合っていたふたりを現実に引き戻したのは、バラバラと煩いヘリの飛行音と、「お迎えに上がりました！」と、拡声器越しに響くクラウディアの声。

一糸まとわぬ姿でベッドの上にいたふたりは、唖然と顔を見合わせ、大慌てて着替えを探すはめに陥った。

あとがき

こんにちは、妃川螢《ひめかわほたる》です。

拙作をお手にとっていただき、ありがとうございます。

他社刊ふくめて、過去に何作もSPやボディガードを設定に使ったお話を書いてきましたが、編集部から（つまりは読者の皆さまから）望まれる、キャラクター設定というのは、デビューさせていただいてから今日までの間に、ずいぶんと様変わりしたように思います。

綺麗系もしくは可愛い系の受けキャラがカッコイイ攻めキャラに守られる、という王道設定から、性格的にも身体能力的にも強い（勝る？）受けが社会的に地位のある攻めを守るパターンとか、さらには性格的にも体格的にも攻守の逆転が可能に思われるカップルまで……。

最近は、読者さまの好みが多様化しているようで、設定を決めるのに苦労します。

過去にSPモノやボディガードものをたくさん書いているのもあって、どうしてもかぶらないように…と考えてしまうのですが、結局のところ、王道設定に勝るものなし！　ってことになるようです。

いやいやいやいや！　私はもっと違う設定が好きよ！　というお声があれば、ぜひお聞かせください。今後の参考にさせていただきます。よろしくお願いします。

イラストを担当してくださいました、亜樹良《あきら》のりかず先生、お忙しいなか素敵なふたりをありがとうございました。

ふわふわ綿飴のように可愛らしい幼少時のふたりにノックアウト！　です……。

実は、次作は今回脇で活躍してくれた、室塚《むろづか》メインで書かせていただけることになっています。立てつづけになりますが、どうぞよろしくお願いいたします。

そんなわけで、王道なツンデレ美人受けじゃないものがお好きなみなさま、次作は攻め×攻めっぽい内容になると思いますので、お楽しみに！

なんて書いたあとで、攻め×攻め設定ももはや王道になりつつあるんじゃ……？　と考えてしまいました（汗）。さて、どうなのでしょう？

妃川の活動情報に関しては、ブログの案内をご覧ください。

http://himekawa.sblo.jp/

皆さまのお声だけが創作の糧です。ご意見ご感想など、お気軽にお聞かせいただけると嬉しいです。

それでは、また。次作でも会いできたら嬉しいです。

二〇一三年九月吉日　妃川螢

LYNX ROMANCE

悪《あく》魔《ま》公爵《こうしゃく》と愛《あい》玩《がん》仔《こ》猫《ねこ》

妃川螢　illust. 古澤エノ

898円（本体価格855円）

ここは、魔族が暮らす悪魔界。上級悪魔に執事として仕えることを生業とする黒猫族の落ちこぼれ・ノエルは、森で肉食大青虫に追いかけられているところを悪魔公爵のクライドに助けられる。そのままひきとられたノエルは執事見習いとして働きはじめるが、魔法も一向に上達せず、クライドの役に立てず失敗ばかり。そんなある日、クライドに連れられて上級貴族の宴に同行することになったノエルだったが…。

LYNX ROMANCE

悪《あく》魔《ま》伯爵《はくしゃく》と黒《くろ》猫《ねこ》執事《しつじ》

妃川螢　illust. 古澤エノ

898円（本体価格855円）

ここは、魔族が暮らす悪魔界。上級悪魔に執事として仕えることを生業とする黒猫族・イヴリンは、今日もご主人さまのお世話に明け暮れています。それは、ご主人さまのアルヴィンが、上級悪魔とは名ばかりの落ちこぼれ貴族で、とってもヘタれているからなのです。そんなある日、上級悪魔のくせに小さなコウモリにしか変身できないアルヴィンが倒れていた蛇蜥蜴族の青年を拾ってきて…。

LYNX ROMANCE

シンデレラの夢《ゆめ》

妃川螢　illust. 麻生海

898円（本体価格855円）

祖母が他界し、天涯孤独の身となった大学生の桐島玲は亡き祖母の治療費や学費の捻出に四苦八苦していた。そんな折、受験を控えている家庭教師先の一家の旅行に同行して欲しいと頼まれる。高額なバイト代につられてリゾート地の海外に来た玲は、スウェーデン貴族の血を引く製薬会社の社長・カインと出会う。夢が新薬の開発で薬学部に通う玲は、彼の存在を知っていたが、そのことがカインの身辺を探っていると誤解され…。

LYNX ROMANCE

恋《こい》するカフェラテ花冠《はなかんむり》

妃川螢　illust. 霧壬ゆうや

898円（本体価格855円）

アメリカ大富豪の御曹司・宙也は、稼業を兄の嵩也に丸投げし、母の故郷・日本を訪れた。ひと目で気に入ったメルヘン商店街でカフェを開いた宙也は、斜向かいの花屋のセンスに惹かれ、毎日花を届けてくれるように注文する。しかし、オーナーの志馬田薫は人気のフラワーアーチストで、時間が取れないとあえなく断られてしまう。仕方がなく宙也は花屋に日参し、薫のアレンジを買い求めるが、次第に薫本人の事が気になりだし…。

LYNX ROMANCE

恋《こい》するブーランジェ

妃川螢 illust. 霧壬ゆうや

898円
(本体価格855円)

メルヘン商店街でパン屋を営むブーランジェの未理は、美味しいパンを追求するため、アメリカに旅立つ。旅先のパン屋で出会ったのは、パンが好きだという男・嵩也。彼は町中の美味しい店を紹介しながらパン屋巡りにも付き合ってくれた。二人は次第に惹かれ合い、想いを交わすが、未理は日本へ帰らなければならなかった。すぐに追いかけると言ってくれた嵩也だったが、いつまで待っても未理のもとに、嵩也は現れず…。

LYNX ROMANCE

猫《ねこ》のキモチ

妃川螢 illust. 霧壬ゆうや

898円
(本体価格855円)

ここはメルヘン商店街。絵本屋さんの看板猫・クロは、ご主人様の有夢が大好き。ご主人様に甘えたり、お向かいのお庭で犬のレオンとお昼寝したり近所をお散歩したり…毎日がのんびりと過ぎていく。ご主人様は、よく店に絵本を買いに来る、門倉っていう社長さんのことが好きみたいで、門倉さんがお店に来るととっても嬉しそう。でもある日、門倉さんに「女性のカゲ」が見えてから、ご主人様はすっごく落ち込んでしまって…。

LYNX ROMANCE

犬《いぬ》のキモチ

妃川螢 illust. 霧壬ゆうや

898円
(本体価格855円)

ここはメルヘン商店街にある、手作り家具屋さん。犬のレオンは家具職人の祐亮に飼われて、店内で近所に住む常連の早川父子が寛ぐ様子をよく眺めている。どうやら少し前に離婚したようで、まだ小さな息子を頑張って育てていた。そんな早川さんを、祐亮はいつも温かく見守っている。無口な祐亮は何も言わないが、早川さんに好意を持っているようだ。そんなある日、早川さんの息子の壱己が店の前で大泣きしていて…。

LYNX ROMANCE

猫《ねこ》と恋《こい》のものがたり。

妃川螢 illust.夏水りつ

898円
(本体価格855円)

素直すぎて、いつも騙されたり手酷くフラれたりと、ロクな恋愛経験がない竝木花永。里親募集のための猫カフェを営んでいる花永の店に、猫を引き取りたいと氏家父子が訪れる。なかなか希望の猫が決まらない父子は、雰囲気を気に入ったこともあり、店に通うようになった。フリーで翻訳の仕事をしている氏家は、離婚し一人で子供を育てていたが、家事が苦手だという。手伝いを花永がかって出たことから二人の距離は縮まっていき…。

この本を読んでの
ご意見・ご感想を
お寄せ下さい。

〒151-0051
東京都渋谷区千駄ヶ谷4-9-7
(株)幻冬舎コミックス　リンクス編集部
「妃《ひめ》川《かわ》 螢《ほたる》先生」係／「亜《あ》樹《き》良《ら》のりかず先生」係

リンクス ロマンス

鎖 ―ハニートラップ―

2013年9月30日　第1刷発行

著者……………妃《ひめ》川《かわ》 螢《ほたる》
発行人…………伊藤嘉彦
発行元…………株式会社　幻冬舎コミックス
〒151-0051　東京都渋谷区千駄ヶ谷4-9-7
TEL 03-5411-6431（編集）
発売元…………株式会社　幻冬舎
〒151-0051　東京都渋谷区千駄ヶ谷4-9-7
TEL 03-5411-6222（営業）
振替00120-8-767643
印刷・製本所…共同印刷株式会社
検印廃止

ISBN978-4-344-82924-4 C0293
Printed in Japan

幻冬舎コミックスホームページ　http://www.gentosha-comics.net